Hesperiden

Victor Blüthgens

Kinder- und Volksmärchen

Bibliografische Information der Deutschen Nationalbibliothek. Die Deutsche Nationalbibliothek verzeichnet diese
Publikation in der Deutschen Nationalbibliografie; detaillierte
bibliografische Daten sind im Internet über http://dnb.d-nb.de
abrufbar.

Hesperiden
Victor Blüthgens Kinder- und Volksmärchen

Historische Bücher - Klassische Literatur
Neu gefasst und digitalisiert von Peter M. Frey.

Herstellung und Verlag
BoD - Books on Demand, Norderstedt
ISBN 9783743140967

Kinder- usmärchen

Von den zwei Fröschen,
die das Nähen lernten

Es waren einmal zwei Frösche, die lebten in einem sehr großen Garten. Als sie nun eines Tages, da die Sonne hell in den Garten schien, am Springbrunnen auf Fliegen passten, hörten sie plötzlich etwas mit einem so lauten Krach, neben sich auf die Erde fallen, dass sie heftig erschraken und geschwind davon springen wollten. Aber da lag dicht vor ihnen kläglich zappelnd ein großer Käfer, den sich ein wilder Spatz zum Mittagsbrot gefangen und übel zugerichtet hatte. Den ganzen Bauch hatte der Räuber dem armen Schelm aufgehackt und nur wie durch ein Wunder war derselbe seinen Klauen entkommen. Jetzt flehte er die beiden Frösche um Hilfe an, und diese besahen ihn mitleidig, während er aus Leibeskräften schrie und über große Schmerzen klagte. „Höre du", sagte der eine Frosch zum anderen, „wenn wir doch nähen könnten, dann könnten wir jetzt dem armen Ding den Bauch wieder zunähen, dass es nicht stirbt." „Der Tausend!", sagte der andere, „das ist ein herrlicher Einfall; wir wollen gehen und es lernen." Der erste war es zufrieden, und so trösteten sie den Käfer, er sollte nur warten, sie würden ihm schon helfen. Sie gingen darauf in das Dorf zur Näherin und quakten immerzu, sie wollten nähen lernen. Aber die Näherin verstand sie nicht, schimpfte sie Dickbäuche und Kahlköpfe, nahm einen großen Besen und kehrte sie hinaus.

Als sie draußen waren, ratschlagten sie, was nun zu tun sei. Sie kamen endlich überein, erst in die Schule zu gehen und die Menschensprache zu lernen. Als sie indessen an die Schule kamen, getrauten sie sich nicht hinein wegen der Buben, die den armen Fröschen immer so übel mitspielten. Während sie noch ratlos dastanden und hin und her sannen, kam aus einem Mauseloch eine Maus heraus und besah sich das Wetter. „Grüß

Gott", sagte sie als sie der Frösche ansichtig wurde, „wollt ihr eine Badereise antreten?" Die Frösche erzählten ihr, wie es ihnen ergangen sei und in welcher Verlegenheit sie sich befänden. „Wenn's weiter nichts ist", meinte sie, „dem Ding kann abgeholfen werden." Sie lud die Frösche in ihre Wohnung ein und brachte sie dort zu einem Loch, durch das man in die Schulstube sehen konnte. Da saßen denn die beiden Frösche mäuschenstill und horchten und horchten, bis sie dem Schulmeister das Reden abgelernt hatten; und es war ihnen gar nicht schwer geworden, weil sie beide schon bei Jahren und sehr verständig waren. Als aber der Schulmeister den Stock ergriff und einem Buben ein Dutzend aufzählte, wovon auch nicht einer daneben fiel, wurde es ihnen Angst, und sie ließen sich von der Maus davonführen. Sie gingen darauf abermals zur Näherin und berichteten ihr deutlich, was sie im Sinn hätten. „Schön", sagte diese, „aber wo habt ihr das Lehrgeld?" Da gestanden die Frösche betrübt, dass sie kein Lehrgeld hätten. „Dann macht, dass ihr fortkommt", sagte die Näherin kurz, „denn umsonst ist der Tod, und der Kaffee wird alle Tage teurer."

So standen die beiden wieder auf der Straße und hingen die Köpfe. „Mir fällt etwas ein", sprach endlich der eine, „wir wollen zur Muhme Unke gehen, die ist reich, die hat den ganzen Keller voll Geschmeide." - „Wenn sie nur nicht so geizig wäre", sagte der andere. Sie machten sich aber doch auf den Weg und kamen zu der Unke. Die saß unter einem Lattichblatt und fing Fliegen. Sie war aber alt und sehr wohlbeleibt; deshalb wollte die Jagd nicht glücken, was ihr sehr verdrießlich war, weil sie gerade recht großen Appetit hatte. „Willkommen, teure Anverwandte", rief sie den Fröschen entgegen und wackelte so schnell sie konnte unter dem Lattichblatt hervor. „Seid ihr so gut und verhelft eurer alten Muhme zu ihrem täglichen Brote." - „Gerne", sagte der eine Frosch, „aber wir müssen ein Geschmeide dafür haben." Zwar verdross das die Unke sehr, aber Hunger tut weh.

„Wenn ihr jeder eine Mandel Fliegen fangt", meinte sie endlich mit saurem Gesicht, „so sollt ihr ein Ringlein haben." Da stellten sich die beiden Frösche auf den Anstand, und weil sie noch ziemlich behände waren, brachten sie bald die beiden Mandel zusammen und obendrein noch ein paar Mücken als Zugabe. Dafür erhielten sie das goldene Ringlein, trugen es zur Näherin und jetzt unterwies sie die aufs Beste. Zum Abschied schenkte sie ihnen dann noch eine Nadel und einen Faden Zwirn vom allerfeinsten und so wanderten sie vergnügt nach Hause. Als sie aber zu dem Käfer kamen, war der schon tot. Da klagten sie sehr und begruben ihn und setzten einen großen weißen Kieselstein auf sein Grab als Denkmal. Jetzt wussten sie aber nicht, was sie mit der Nadel und dem Zwirn anfangen sollten. „Weißt du was?", sagte endlich der eine zum anderen, „wir wollen uns jeder ein Ende des Fadens ans Bein nähen, damit wir uns nicht verlieren können." Dem anderen gefiel das Stück, und so führten sie es aus.

Als sie eben damit fertig waren, kam ein großer Storch gestrichen, der noch kein Abendbrot verzehrt hatte. Die Frösche wollten ihm eiligst entwischen, aber ach! Das ging nicht, denn jeder hielt den anderen am Bein fest. So griff denn der Storch erst den einen bei den Hinterbeinen und verschluckte ihn, und nun war auch der andere verloren, und musste seinem Gesellen nachmarschieren.

Jetzt waren die Frösche beide tot. Die Nadel aber fand ein kleines Mädchen und nähte ihrer Puppe ein Kleid damit.

Der Schneider und die Wölfe

Es war einmal ein Schneidergesell, der ein fröhliches Herz, aber auch einen großen Buckel hatte, so dass er aussah, wie ein Bauernweib, das am Samstag in die Stadt geht und ihre Ware auf den Wochenmarkt trägt. Derselbe kam nachts von einer Kirchweih nach Hause und musste einen dichten Wald durchwandern, in dem es so dunkel war, dass er die Hand vor den Augen nicht sehen konnte. Wie er nun wohlgelaunt darin einherschlenderte und den letzten Walzer vor sich hin pfiff, den er von Anfang bis Ende mitgetanzt hatte, versah er es mit dem Wege und fiel in eine tiefe Grube, dass ihm Hören und Sehen verging und dass er dachte, jetzt sei sein letztes Brot gebacken. Als er indessen merkte, dass nach dem Fall noch alles an ihm heil sei, hub er an kläglich zu schreien und nach Hilfe zu rufen. Da hörte er plötzlich nicht weit von sich reden. In der Grube, die seitwärts noch tief in die Erde hineinging, wohnte ein großer Wolf mit seiner Frau und zwei kleinen Wölfen. Als nun der Alte des Schneiders Fallen und Geschrei vernahm, sagte er vergnügt: „Hei, Frau, mich dünkt, es gibt diese Nacht noch einen Feiertagsbraten." Diese Worte drangen dem Schneider zu Ohren und in großer Angst schwieg er mäuschenstill. Der Wolf aber leuchtete mit seinen Augen so lange in der Grube umher, bis er den Schneider entdeckte, worauf er ihn bei den Beinen packte und ohne weiteres in die Grube zog. Wie sie ihn nun umbringen wollten, schrie und wehklagte der Schneider ganz herzzerbrechend, so dass die Wölfin, die eine gute Seele war, ein Wort für ihn einlegte. „Schön", sagte darauf der Wolf, „so mag er am Leben bleiben, aber hinaus zu den Menschen darf er nicht wieder, sonst würde er uns verraten; er muss hier bleiben und ein Wolf werden." „Mit tausend Freuden", sagte der Schneider: „Mensch hin, Mensch her, ich will lieber als Wolf lebendig, denn als Mensch verspeist sein." So holte denn der

Wolf seines seligen Vaters Pelz hervor, und der Schneider, der immer Nähzeug bei sich trug, musste sich hineinnähen; nur um den Buckel herum reichte es nicht zu, worüber indes der Schneider die Wölfe beruhigte, indem er versicherte, dass alle buckligen Wölfe der Welt den Pelz auf der Brust ein wenig offen trügen. Der Schneider blieb nun da, lernte auch bald vortrefflich heulen und auf allen vieren laufen, und im Kaninchenfangen wurde er Meister, während das die Wölfe, weil sie sehr plump und tölpisch sind, nicht gut fertig zu bringen wissen.

Als sie nun zusammen eines Tages auf den Fang ausgegangen waren, begab es sich, dass der König desselben Landes in dem Wald jagte. Sobald die Jäger in die Nähe der Wölfe kamen, gaben diese eiligst Fersengeld und der Schneider mit ihnen, weil er fürchtete, er möchte um seines Pelzes willen für einen richtigen Wolf gehalten und geschossen werden. Sie rannten in das dichte Unterholz und verbargen sich hinter Büschen, worauf der alte Wolf den anderen zuflüsterte, sie sollten sich nur ruhig verhalten, er habe keine Hunde gesehen, und ohne diese werde sie kein Jäger finden. Und so war es: ein Wildschwein hatte die Hunde samt und sonders getötet, und nach einiger Zeit hörten sie die ganze Gesellschaft dicht an ihrem Versteck vorbeireiten. Da aber fiel es dem König ein, aus Ärger über den Tod seiner Hunde eine große Prise zu nehmen, wonach er heftig nieste. Der Schneider, der die Höflichkeit nicht verlernt hatte, sagte respektvoll: „Zur Gesundheit!" Wie der König das hörte, ritt er in das Gebüsch hinein und die Jäger taten es ihm nach. Hier erblicken sie die Wölfe, und der König erhob alsbald mit dem ganzen Jagdgesinde ein Freudengeschrei. Sie stachen und warfen mit den Spießen, so dass nur der alte Wolf entrinnen konnte. Den Schneider entdeckte man erst zuletzt, weil er sich besonders gut verkrochen hatte, und ehe man auf ihn zielen konnte, wälzte er sich jämmerlich heulend vor den König hin. Dieser stieg vom Pferd herab und besah sich den Schneider hinten und vorne, konnte aber nicht begreifen, was dies für ein seltsames Tier sei. Da es einen Höcker habe, müsste es nach der Naturgeschichte ein Dromedar oder ein Büffel sein; im übrigen hingegen sei es einem Wolf nicht unähnlich. Der Schneider aber richtete sich zitternd auf und sagte: „Um Vergebung, ich bin eigentlich ein Schneidergeselle und nur aus Versehen unter die Wölfe gekommen." Da fing alles an zu lachen, und ein Jäger schnitt ihn aus dem Pelz heraus. Auch musste ihm ein Pferd gegeben werden, damit er neben dem König reiten und seine Geschichte erzählen konnte. „Schneider", sagte hierauf der König sehr gnädig, „Ihr habt mir viel Spaß gemacht, und wenn Ihr wollt, so könnt Ihr bei mir bleiben." Das gefiel unserem Schneiderlein so, dass er gleich mit auf das Schloss ritt, und von nun an lebte er bei Hof als des Königs Hof- und Leibschneider herrlich und in Freuden.

Der alte Wolf aber, der glücklich mit dem Leben davongekommen war, hatte eine schreckliche Wut auf alle Menschen gefasst, insbesondere auf den Schneider, weil der am Tod seiner Frau und seiner Kinder schuld sei und er beschloss, sich zu rächen. So lag er denn immerfort auf der Lauer, und jeder Mensch, der ihm vor die Augen kam, war ein Kind des Todes. Das ganze Land war voll Jammer und Wehklagen, denn es verging fast kein Tag, wo nicht wenigstens einer unter den Pfoten des erbosten Wolfes ein jämmerliches Ende fand. Der Wolf aber sagte: „Noch nicht genug; alle müssen sie daran glauben, und dem Schneider soll es am schlimmsten ergehen, der mir Frau und Kinder zu Tod gebracht, weil er sein Schwatzmaul nicht halten konnte." Darauf ging er zu dem Schloss hin, wo der Schneider eben zum Fenster heraus sah und eine Pfeife Tabak rauchte. „Schneider", sagte der Wolf, „du musst sterben, eher ruhe ich nicht." Da fasste diesen die Angst und er berichtete dem König, was der Wolf ihm gedroht. „Wartet, Schneider", antwortete der König, „jetzt ist es höchste Zeit, dass wir diesen Wegelagerer fangen, und sollte es mich meine einzige Tochter kosten. Er hat schon keinen Respekt vor einem königlichen Hof- und Leibschneider mehr; wo soll das hinaus? Und meinen Untertanen frisst er mir auch alles weg, was ich nicht zugeben kann, wie Ihr einsehen werdet; denn wenn ich keine Untertanen mehr habe, so kann ich nicht mehr König sein. Aber lebendig müssen wir ihn fangen; er darf keines ehrlichen Todes sterben, er muss hängen, und wir wollen dabei zusehen." Sprach's und ließ im ganzen Land ausrufen, wer den Wolf lebendig brächte, solle sein Eidam werden. Aber als die Herolde zurückgekommen waren, blieb alles wie zuvor, denn niemand getraute sich das Wagstück zu vollbringen.

Nun hatte sich der Schneider lange Zeit nicht das Herz fassen können, aus dem Schloss zu gehen, aus Furcht vor dem Untier. Endlich aber konnte er das Stillsitzen nicht mehr aushalten und erging sich an einem hellen Sommertag im Garten. Da, mit einem mal sprang der Wolf hinter einem Baum hervor, erwischte den Schneider, der wie Espenlaub zitterte und sich einmal über das andere den Angstschweiß abtrocknete, grimmig an. „Hund von einem Schneider", sagte er, „du hast mich ins Unglück gebracht, dafür musst du jetzt sterben." Da klapperte der Schneider mit den Zähnen und sagte in der Stille alle Stoßgebetlein her, die er wusste. „Hast du noch etwas zu sagen, so sprich, aber mach es kurz", fuhr der Wolf fort. Der Schneider gedachte sich aufs Unterhandeln zu legen und sprach: „Ach, wenn Ihr mich laufen lassen wolltet, so würde ich den König vermögen, Euch alle Tage so viele Schafe treffen zu lassen, als Ihr Lust hättet." Aber der Wolf wies ihm die Zähne und sagte: „Nein, du musst sterben." „Wenn Ihr mich laufen lasst, so sollt Ihr ein großer Herr im Reich werden und eine goldene Gnadenkette und einen Orden bekommen." „Nein", antwortete der Wolf, „sondern du musst sterben." Da kam in der Not dem Schneider ein pfiffiger Einfall und er rief laut: „Seht Ihr, dort kommen die Jäger!", und wie der Wolf sich erschrocken umwandte, saß mit einem mal der Schneider auf seinem Rücken und hielt ihm die Augen zu. Da lief der Wolf, wie er in seinem Leben noch nicht gelaufen war, dass er jeden Augenblick dachte, nun müsste der verwünschte Reiter doch herabfallen. Der saß aber ganz wohlgemut fest, stieß ihm die Stiefelhacken in die Seiten, als ob Sporen daran wären, und sagte dazu: „Hotte hü, mein Pferdchen." Und weil der Wolf nicht sehen konnte, wohin er lief, so lenkte der Schneider geradeaus auf das Schloss zu bis vor eine offene Stalltür, stelle sich dort auf seine Beine und ließ den Wolf dazwischen durchschießen, mitten in den Stall hinein, worauf er die Stalltür zuriegelte. „Warte, Gevatter", sagte er dann, „jetzt will ich dir einen Strick kaufen", ging zum König und meldete, dass er den Wolf gefangen habe. Der König war hoch erfreut, dass der Schneider solch ein Pfiffikus sei, und sagte zu, dass die Verlobung mit der Königstochter in Richtigkeit gebracht werden sollte.

Der Wolf aber wurde wirklich gefangen, und sein Fell, das der Schneider zur Hochzeit als Fußteppich bekam, hat sich bis auf unsere Tage erhalten und liegt gerade unter dem Tisch, an dem dies Märchen geschrieben wurde.

Wie die Nadelbäume entstanden

Es gibt Laubbäume und Nadelbäume.

Die Laubbäume wissen vom Winter nichts: sie lassen im Herbst die Blätter fallen, schlafen ein, hören und sehen nichts, bis wieder Sommer ist. Die Nadelbäume aber behalten ihre

Nadeln durch den Winter, frieren und tragen schwere Schnee-
lasten, finden keinen Schlaf: trübe und dunkel stehen sie in sich
versunken, warten und warten ...

Einst trugen alle Bäume nur Laub. „Der Winter ist eine böse Zeit, nichts für euch", sagte der liebe Gott immer wieder.
„Schlaft nur, schlaft!"

Aber da gab es Bäume: die Fichten, die Tannen, die Kiefern
und andere, die machten sich Gedanken. Es verstreicht mehr
als ein Vierteljahr, wo man gar nicht lebt; was mag da vorge-
hen? Es geschieht da etwas, was man nicht kennt - warum denn
nur nicht? Darüber kann man ganz schwermütig werden.

Diese Bäume fingen an, den lieben Gott zu quälen: sie wollten gern einmal den Winter sehen; und als sie nicht aufhörten,
sagte der liebe Gott endlich: „Wenn ihr durchaus wollt, so sollt
ihr das ganze Jahr hindurch munter bleiben; aber ihr werdet es
bereuen; ihr dürft dann nie mehr schlafen."

Das wollten sie.

Die Neugier, als der Herbst zu Ende ging!

Der erste Frost kam. Das Gras starb, die letzten Blumen
starben, die Blätter fielen tot von den anderen Laubbäumen,
nur von ihnen nicht. Die Neugierigen sahen das kahle Land,
und die Kameraden wie Gerippe dastehen; da war ihnen doch
recht unheimlich und bang. Die Sonne am Himmel wärmte
nicht mehr, der Nordwind fuhr eiskalt daher und drängte sich
durch die Blätter: „Na?", fragte er ärgerlich. Aber die Blätter
wickelten sich zusammen, immer enger, je mehr sie froren.

„Noch ist's Zeit", sprach der liebe Gott.

Die Bäume hätten beinahe danach gebeten, es möchte
ihnen ergehen wie früher; aber - am Ende kommt nun erst das
Schöne! Nur die Lärchenbäume, deren Blätter schon zu dünnen grünen Nadeln gewickelt waren, verloren auf einmal den
Mut. „Adieu!", nickten sie und ließen die Nadeln fallen.

Immer kälter wurde es, immer enger schrumpften die Blätternadeln der anderen zusammen. „Nur ausharren!", trösteten sie einander. „So bleibt es nicht, das soll uns niemand einreden."

„Alles tot!", schnaubte der Nordwind ungeduldig, „wollt ihr wohl ein Ende machen?"

„Wir brauchen es nicht", sagten die Bäume zuversichtlich, „wir dürfen unser Laub behalten."

„Gut, ihr Narren, die Muhme Holle wird euch das schon verleiden."

Da kamen die grauen Wolken, und die Flocken fielen daraus nieder: es schneite und schneite ...

„Das ist schön, das muss man sehen", sprachen die Nadelbäume zitternd. „Es tut freilich ein bisschen weh, Regen ist angenehmer."

Acht Tage lang schneite es; nichts zu sehen, als ein graues Gewimmel in der Luft, und dann war alles Land verschwunden, es gab nur noch das Weiß und die beschneiten Baumgerippe und die totkalte Luft und die Sonne, die nicht wärmte. Mit Mühe nur konnten die Nadelbäume das sehen, denn auf ihnen lag eine dicke Schneeschicht, krallte weiße, eiskalte Finger um die Blätternadeln, als sollten die damit erstickt werden. Richtige Nadeln waren sie schon, spitze, harte Nadeln, so waren sie in sich zusammengekrochen, und es war keine Rede davon, sie abzuwerfen, wenn es auch der und jener Baum heimlich versuchte.

Niedliche Meisen und Goldhähnchen flogen draußen, man hörte ihre Metallstimmchen und sah sie an den Knöpfen picken. Sie scheuten sich vor den fremden Bäumen. Aber endlich wagten sich welche heran.

„Piep - trrr ... Wer seid ihr?"

„Kennt ihr uns nicht mehr? Wir wollten sehen, wie es im Winter zugeht, und nun müssen wir wach bleiben, wir mögen wollen oder nicht. Es ist schrecklich, ganz schrecklich; wir sind ganz elend. Man friert - das tut so weh; und das Weiße da drückt, als sollten einem alle Glieder entzweibrechen. Man kann kaum mehr reden vor Kälte, kaum mehr sehen und hören und denken."

„Ja, schön ist anders", sagte ein Goldhähnchen mit hübschem rotem Häubchen. „Ich verschliefe ganz gern den Winter, wenn ich könnte. Da seid ihr recht dumm gewesen."

„Wie lange dauert das denn nur?"

„Lange, sehr lange. Es hat erst angefangen. Mit der Sonnenwende wird es erst recht schlimm."

Da krachte es; ein Ast brach unter der Schneelast ab, und die Vögel erschraken und flogen davon.

Dunkle Tage kamen, und endlos lange Nächte. Die Holzbauern gingen und schlugen Bäume ab. „Das ist eine ganz neue Sorte", sagten sie, „die haben wir noch nicht gesehen; wir wollen einmal probieren, wie die heizt." Und sie schlugen lauter Nadelbäume ab. „Recht so, recht so", schrie eine alte heisere Krähe schadenfroh, „schlagt sie tot, schlagt sie tot!" Jedes mal wenn einer umkrachte, freute sie sich wieder; die anderen Bäume aber warteten in Todesangst, an wen jetzt die Reihe kommen würde.

Dieser Winter war ganz besonders hart und schneereich. Noch mancher Ast brach, und zuweilen gab es einen Knall, dann war an einem der Bäume eine klaffende Wunde aufgesprungen. Bis in den April währte der Frost.

Da kamen warme Luft und Regen. Und dann das erste Grün und der Frühling. Aber die Nadelbäume standen starr und stumpf, ihr Grün war dunkel wie die Trauer. Die Finken fingen an zu schlagen, an den Bäumen gab es Augen, und die schlugen sie auf und waren wach.

„Wie seht ihr aus und was habt ihr gemacht?"

„Wir haben den Winter gesehen, wir haben gar nicht geschlafen", sagten die Nadelbäume. „Es war entsetzlich und wir werden nie wieder froh."

„Wollt ihr keine Blätter machen?"

„Nie mehr", sprachen die Nadelbäume.

Als alles grün war und auflebte, so recht im Frühlingsjubel mitteninne, bekamen sie doch Lust. Aber die Nadeln waren ganz in eins gepresst, gar nicht mehr aufzuwickeln, und die Bäume brachten nichts zu Stande, als ein bisschen grünen Maiwuchs an den Spitzen, und das waren auch nur Nadeln. Da versanken sie wieder in ihre Melancholie, und der grüne Maiwuchs wurde bald so dunkel wie alles Grün an ihnen.

„Ich habe es euch vorher gesagt", sprach der liebe Gott zu ihnen, „allein ihr wolltet nicht hören."

Die Lärchenbäume bekamen auch nur Nadeln, als sie wieder trieben, das behielten sie zur Erinnerung und Warnung. Aber sie waren lustig und die Nadeln hübsch und grün.

Sie konnten doch im Winter schlafen!

Die Unglücksraben

Eine alte Waldfrau hatte neun Enkelkinder, die nahm sie alle, da ihre Eltern starben, zu sich in den Wald. Es waren aber acht davon Brüder und nur das jüngste war ein Mädchen. Das war so schön wie der lichte Tag, hatte Haut wie Wachs, Haar wie Flachs, Augen so blau wie ein See, eine Gestalt so schlank wie ein Reh, und das Herz war das allerbeste an ihr; und wenn sie einmal in den Wald gegangen war, so war es den Brüdern im Haus, als ob die Sonne untergegangen wäre. Freilich blieben die Brüder den Tag über selten zu Hause, denn sie waren Jäger und durchstreiften den Wald nach Wildbret. Das musste die Schwester braten, und dazu aßen sie Beeren, welche diese gesucht hatte, auch Obst von den Bäumen, die um das Haus herum wuchsen, und mancherlei Gemüse aus dem Garten. Und wenn sie durstig waren, so tranken sie von einem Brünnlein, das aus dem Felsen quoll und dessen Wasser sie zum Kochen und Waschen in einen Ziehbrunnen leiteten und sammelten. Die Waldfrau aber war eine Zauberin und aller Kräuter kundig: sie heilte sie, wenn eine Krankheit über sie kam; und so lebten sie alle zusammen ein paar Jahre sehr glücklich und zufrieden.

Eines Morgens nun zogen sieben der Brüder in den Wald auf die Jagd; nur der jüngste blieb im Haus, um es zu bewachen. Die Schwester hatte allen einen Kuss zum Abschied gegeben und stand auf der Treppe, die in den Garten hinunterführte. Wie sie sich jetzt zum Garten hin umdrehte, sah sie die Feuerlilien, die gleich vorn unter dem Apfelbaum wuchsen, und dachte: heute will ich einen Strauß pflücken. Darauf stieg sie die Steintreppe hernieder, kniete auf ihr Kleid und brach eine der großen Blumen vom Stängel. „Rab!", sagte es mit einem mal unten, und ein junger Rabe flog auf, als käme er aus dem Feuerlilienbusch, und ließ sich zur Seite auf der Treppenmauer nieder. Sie erschrak, dachte aber an nichts Böses und pflückte eine zweite Blume. Und richtig flog ein zweiter Rabe davon und nahm auf dem Brunnenrohr Platz.

„Ei", sprach das Mädchen, „wo mögen die versteckt gewesen sein?" Und als sie gleich zwei Lilien auf einmal abriss, schrie es „Rab!" „Rab!", und zwei Raben huschten aus den Blättern und begaben sich kreischend davon.

Dem Mädchen kam das spaßhaft vor, und es wollte eben die fünfte Blume pflücken, da hörte es eine Stimme hinter sich sprechen: „Ach du lieber Gott, was hast du getan!“, und wie es sich umsah, stand die Waldfrau da und machte vor Schrecken Augen so groß wie Taubeneiner.

„Was denn, Großmutter?“

„Ach, Kind, das sind Unglückslilien, denn gestern Nacht habe ich alles Unglück hineingebannt, das euch bedrohte, und wenn die Lilien verwelkt wären, so konnte euch nichts geschehen. Nun hast du vier davon gebrochen, und viererlei Unglück ist frei geworden und fliegt als vier Raben in die Welt hinaus!“

Da fing das Mädchen bitterlich an zu weinen. „Großmutter“, sprach es, „kannst du sie nicht wieder bekommen?“

„Bleibe knien und verscheuche sie nicht“, antwortete die Waldfrau, „vielleicht dass ich sie noch binden kann.“

Aber der jüngste Bruder, der oben in der Haustür stand, hatte die Raben erblickt, nahm sein Weidmesser und warf es auf den einen. Da flog der schreiend in die Luft und die drei anderen ihm nach, und bald waren sie im Wald verschwunden.

„Ach das Unglück“, sprach die Waldfrau, „ach das Unglück! Ich kann nicht hinterdrein, denn ich bin schon zu alt dazu. Sage nur deinen Brüdern nichts, damit sie dir nicht gram wären!“

Da ging das Mädchen den ganzen Tag traurig im Haus herum bis zum Abend und hatte verweinte Augen, und als abends die Brüder fragten, was ihr fehle, so gab sie keine Antwort, richtete ihnen stumm die Abendmahlzeit zu und wartete, bis sie, müde von der Jagd, das Lager aufsuchten und entschliefen.

Sie war auch müde, aber sie fand keine Ruhe, weil sie immer dachte, sie müsse gehen und die Raben selber fangen. Da band sie ihr Flachshaar in ein rotes Tuch, färbte sich mit Rußsaft das Gesicht braun, damit die Raben sie nicht erkennen möchten, und verhüllte sich mit einem weißen Laken; dann befahl sie Gott ihre Seele und ging zum Mondschein in das Holz hinaus.

Sie blickte nach allen Bäumen empor und horchte, aber es war kein Rabe zu sehen oder zu hören. Endlich kam sie zu einem Opferstein, bei dem zwei Holzwege sich kreuzten; da sah sie etwas Schwarzes, und als sie näher ging, war es der eine Rabe, der stand vor dem Stein auf dem Weg und wiegte immerfort den Schnabel herüber und hinüber.

„Was machst du da?", fragte das Mädchen.

„Ich spinne Trübsal, hier eine Elle, da eine Elle, hier eine Elle, da eine Elle! Willst du eine davon haben?"

„Nein, ich will bloß zusehen."

Nach einer Weile setzte sie sich, breitete das weiße Laken über den Schoß und sprach: „Spinne hier drauf, dann kann ich den Faden besser sehen und du machst dir die Zehen am Tau nicht nass."

Da flog der Rabe auf ihren Schoß und wiegte wieder mit dem Schnabel; das Mädchen aber schlug mit einem Klaps das Tuch zu, da war er gefangen.

„Dumme Gans!", schrie er, „willst du mich heraus lassen!"

Aber das Mädchen tat, als hörte sie nichts, lief vor Freude was sie laufen konnte, und weckte daheim ihre Großmutter. „Einen habe ich!", sage sie der ins Ohr. - „Was denn für einen?" - „Nun den einen Raben!"

„Warte!", sagte die Waldfrau, stand auf, warf ihren Mantel mit der Alraunenwurzelspange über und griff nach dem Laken, worin der Rabe zappelte. „Hinten an der Schlehdornhecke stehen auch noch Lilien, dort will ich ihn wieder einsperren. Bleibe oben und gehe zu Bett." Das Mädchen gehorchte, wusch sich die braune Haut, bis sie wieder weiß war, und begab sich darauf zur Ruhe.

Als nun die Brüder am nächsten Tag mit sinkender Sonne heimkehrten, war der eine davon ganz blass. „Was fehlt dir denn, mein Sohn?", fragte die Waldfrau. „Ei", antwortete der, „es hätte beinahe ein Unglück gegeben, denn der größte Block von dem alten Steinhaufen der Teufelsmühle, kam durch die Tannen herunter gerollt und ich entrann ihm mit genauer Not."

Das hörte die Schwester und das Herz klopfte ihr, denn sie dachte: wäre er umgekommen, so wäre ich schuld daran gewesen. Sie wartete mit Angst bis die Brüder schliefen, verkleidete sich dann rasch, nahm aber, da sie das Laken nirgends fand, einen Deckelkorb mit und begab sich zum zweiten Mal auf das Suchen.

Sie ging unter den alten dunklen Bäumen hin bis an den Kreuzweg, wo sie den ersten Raben gefunden hatte. Aber dort war diesmal nichts zu erblicken. Da schritt sie weiter, bis sie an ein Wasser kam. Das Mondlicht glitzerte im Wasser und auf einer Wurzel saß der zweite Rabe, der hatte eine hohle Eichel in einer Pfote und schöpfte Wasser, das er einmal rechts, dann wieder links ausgoss. Dabei hörte sie ihn sagen: „Hier ein Maß, da ein Maß, hier ein Maß, da ein Maß."

„Du säest wohl Wasser?", fragte das Mädchen.

„Nein", antwortete der Rabe, „sondern ich messe Trübsal, hier ein Maß, da ein Maß."

„Du kannst ja nicht ordentlich hinunterreichen", sagte das Mädchen, nachdem es ihm eine Weile zugesehen hatte. „Ich habe dir einen Kahn mitgebracht." Sie nahm darauf den Deckel vom Korb und setzte den Korb aufs Wasser dass er schwamm.

„Das ist eine schöne Erfindung", meinte der Rabe, wie er in den Korb stieg. Das Mädchen aber sprach: „Ja, und ich habe auch ein Regendach dazu, dass man in dem Kahn vom Wetter nicht nass wird." Damit brachte sie den Deckel hervor, deckte ihn geschwind auf den Korb und nahm diesen mitsamt dem Raben auf den Arm.

„Aufmachen!", schrie der, „es regnet ja nicht!"

Aber das Mädchen lachte und sprang wie ein Reh durch den Wald, bis sie nach Hause kam.

„Großmutter", sprach sie, und rüttelte diese am Arm, „wach auf, ich habe den zweiten!"

„Ei du Glücksvogel", antwortete die und rieb sich die Augen, „jetzt soll er niemandem mehr schaden!" Und sie trug den Korb wieder hinunter in den Garten und bannte auch den zweiten Raben.

Den anderen Tag aber stürzte ein Baum im Walde um, gerade als die Brüder unter ihm vorbeigingen, und schlug zwischen ihnen auf den Boden. Sie sprangen rasch auseinander, und nur der eine wurde von dem dicksten Ast am Kopf gestreift, dass er ein wenig blutete. Die Schwester aber hörte diesmal ganz ruhig davon erzählen. „Habe ich zwei gefangen", sagte sie bei sich, „so wird es mir wohl auch mit den beiden letzten glücken."

Sie nahm also des Nachts ein Jägernetz und machte sich zum dritten Mal auf den Weg. Aber sie suchte und suchte, bis ihr die Füße weh taten und ihr Kleid vom Morgentau anfing feucht zu werden. Da wurde ihr so bang um das Herz, wie noch nie, und eben wollte sie umkehren, als sie eine alte Rüster gewahr wurde, die war vertrocknet und die Blätter lagen unten auf der Erde. Unter der Rüster aber saß der dritte Rabe, nahm die dürren Blätter mit dem Schnabel und warf sie rechts und links auf zwei Haufen. „Hier für'n Pfennig, da für'n Pfennig", sprach er.

„Du zählst wohl dein Geld?", fragte das Mädchen.

„Nein", antwortete er, „Unglück ist es; wart ein bisschen, dann bin ich fertig."

„Ach wie schade", sagte das Mädchen und zitterte am ganzen Leib, „dazu hättest du von mir eine schöne Börse haben können, dass der Wind deine Münzen nicht verwehte." Und damit breitete sie das Netz aus. „Willst du es einmal probieren?"

„Da sind ja Fenster drin", sprach der Rabe, stieg auf das Netz und fing an es zu besehen.

„Ja", antwortete das Mädchen, „man hat Aussicht von allen Seiten, wenn man drin sitzt", und rasch schlug sie das Netz um und trug den Gefangenen fort. Der schrie, bis er heiser war, aber es half ihm alles nichts und er musste so gut wieder in die Lilie wie seine Kameraden.

Da sie ihn aber so spät erst gefunden hatte, dass er mit seinem Zählen fast fertig geworden war, so war der Schwester doch ängstlich zumute, was geschehen würde; denn sie dachte daran, dass am Tag zuvor schon der eine Bruder eine Wunde davongetragen hatte. Und richtig, als es Abend wurde und die Brüder heimkehrten, trugen sie den einen, weil ein wilder Eber ihm das ganze Bein zerschlitzt hatte. „Es ist, als wenn wir behext wären", sprach der älteste, „es geht kein Tag mehr vorüber, ohne dass uns ein Unglück zustößt."

Die Waldfrau aber legte Kräuter auf und meinte, wund sei immer noch besser als tot.

Jetzt aber freute sich die Schwester ordentlich, dass die Dunkelheit vollends zur Nacht wurde, und stellte sich heimlich schon einen alten Drahtkäfig zurecht, worin ehedem ein Weih gesessen hatte. Gegen Mitternacht putzte sie sich heraus wie alle Nächte, tat zur Vorsicht noch etwas Fleisch in den Käfig und schlüpfte hinaus, um den letzten Raben zu fangen. Aber wie viel sie sich auch Mühe gab und wie weit sie schritt, kein

Rabe war zu erblicken. Die Sterne gingen unter und der Tag begann zu grauen, da begab sie sich müde und matt auf den Heimweg. Sie kam an das Wasser, und da sie Durst hatte, wollte sie trinken. Sie bog sich aber zu weit vornüber und fiel hinein, und weil das Wasser sehr tief war, konnte sie nicht wieder an das Land kommen und musste ertrinken.

Als die Brüder früh erwachten, waren sie verwundert, dass die Schwester nirgends zu sehen war, und weil die Großmutter ihnen sagte, sie möchte etwa im Wald sein, so machten sie sich auf, um nach ihr zu forschen. Endlich kam der eine an das Wasser und sah ihr langes Flachshaar auf den Wellen schwimmen. Da weinte er laut und rief noch einen der Brüder, der in der Nähe war; die beiden zogen sie heraus und trugen sie nach Hause. Da war der Jammer groß; die Großmutter aber erzählte jetzt, was sich mit den Raben zugetragen hatte, und dass bloß der vierte Rabe am Tod des Schwesterchens schuld sei.

„Du musst sie wieder lebendig machen, Großmutter", sagte einer der Brüder.

„Das kann ich nicht, ihr lieben Kinder", antwortete diese betrübt; „aber wenn jemand den Raben fände und tötete, so würde sie wieder zum Leben aufwachen. Bis dahin will ich schaffen, dass sich ihre Gestalt nicht verändert."

Da schworen die Brüder, sie wollten nicht ruhen noch rasten und die Welt durchstreifen, bis sie den Raben gefunden hätten; nur einer sollte daheim bleiben und für die Großmutter sorgen. Alle Jahre aber wollten sie einmal im Waldhaus zusammenkommen und sich überzeugen, ob ihr Schwesterchen noch nicht erlöst sei. Sie warfen darauf das Los, damit es bestimmen sollte, wer diesmal zu Haus bliebe, und es traf den jüngsten. Die anderen nahmen ihre Waffen, sagten sich und den Zurückbleibenden Lebewohl, küssten ihr totes Schwesterchen und eilten, jeder auf seinem Weg, in die weite Welt.

Als das Jahr um war, kam zuerst der älteste der Brüder und brachte einen Raben mit, den er erlegt hatte. Und siehe da - aus der Tür sprang ihm die Schwester entgegen, frisch und gesund, und herzte und küsste ihn.

„Ei", sprach der, „wie bin ich so froh, dass ich den Raben geschossen habe, der uns dich rauben wollte."

Bald aber kam der zweite, der hatte auch wieder einen Raben und behauptete, der seine sei der richtige, und so war es mit jedem anderen, der eintraf. Nur der siebente fehlte noch. Weil die übrigen sechs aber zu streiten anfingen, so fragte die Waldfrau, wer seinen Raben am St. Hubertustag geschossen habe, denn an dem sei ihre Schwester aus dem Todesschlummer erwacht.

„Ich", sagte da plötzlich der siebente, der eben zur Tür hereintrat und fiel einem nach dem anderen um den Hals. Da wollte jeder Genaueres wissen und nun sprach er: „Wisst, dass ich an diesem Tag aus dem Wald heraus in eine dürre wüste Heide kam, und wie ich ein Stück darin gegangen war, stand ich an einem Wasserpfuhl, bei dem wuchsen eine Menge Ginstersträucher. Es dämmerte schon, und ich sah von weitem in den Sträuchern etwas springen; ich schlich mich hinzu, und da erblickte ich den Raben, der sprang auf einem Bein herum und schrie lustig:

> Erst ertränkt,
> Dann versenkt,
> Endlich in das kühle Grab!
> Rab! Rab! Rab!

und hinterher wollte er sich ausschütten vor Lachen. Da zielte ich auf das Untier so gut, wie ich noch nie gezielt habe, und der Bolzen fuhr ihm mitten durch den Leib, dass es mit seinem Lachen aus war. Und hier habt ihr ihn!"

„Nun ist alles gut", sprach die Waldfrau. „Die Lilien hinten sind vertrocknet, das Leid ist tot, hinfort können wir glücklich leben bis an unser Ende." Und so geschah es auch.

Die Hühnerburg

Was für ein schläfriger Nachmittag das war! Die heiße Sonne flimmerte im Bauerngehöft, dass es nicht zum Aushalten gewesen wäre, wenn dort nicht so viel Gras und grüne Sträucher gestanden hätten, die dem Auge wohl taten und Schatten gaben. Die Hühner in dem verwilderten Hinterhof freilich inkommodierte die Sonne gar nicht, denn zum Schlafen hatten sie Zeit, und sie schliefen am liebsten da, wo es am heißesten war, nämlich auf der nackten Erde.

Es waren ihrer fünf, ein Hahn und vier Hühner. Zwei Hühner waren im ganzen Dorfe berühmt, denn sie hatten Federhauben auf den Köpfen statt der roten Zackenkämme; und der Hahn war auch sehr stolz, dass er zwei solche feinen Frauen hatte. Dafür war er selber auch ein sehr stattlicher Herr, mit schwärzlich-grünem Bäuchlein und im übrigen gelblich-bunt, alles vom schönsten Schmelzglanz. In den Kämpfen mit gewissen jungen Hähnen in der Nachbarschaft, welche die Neugier wegen der beiden fremden Frauen in den Hof trieb, war er stets Sieger geblieben, weshalb sich jene höchstens noch bis auf den Zaun wagten und, sobald er die Augen zuklemmte und den Kriegsruf ausstieß, sich eiligst davon machten.

Die fünf also saßen und standen im Hinterhof beisammen, und sie hatten Langeweile. Was nämlich das Schlafen betrifft, so hatten sie zwar ein bisschen genickt, aber dann hatten die Taglöhner in der Scheuer nebenan zu dreschen angefangen, und davon muss beinahe ein Toter aufwachen, geschweige denn dass ein lebendiges Huhn dabei schlafen könnte.

„Ich wollte, es erzählte jemand etwas", sagte das eine gewöhnliche Huhn und raschelte sich von frischem die Federn zurecht. „Zum Scharren bin ich zu müde und das Fliegenfangen schickt sich bloß für Sperlinge und solches Volk!" Das sollte nämlich ein Hieb sein für das eine fremde Huhn, das eben seitwärts in das Gras gegangen war und Fliegen pickte; denn die beiden gewöhnlichen Hühner ärgerten die fremden gern, weil es sie verdross, dass sie nicht auch so merkwürdig und so berühmt waren. Das fremde Huhn hatte es denn auch gehört und rief spitzig von weitem: „Wenn man nicht eine dumme Dorf-Grete wäre, dann könnte man selber etwas erzählen."

„Damit kann ich nicht gemeint sein, denn ich weiß Geschichten genug", sagte das gewöhnliche Huhn und wandte den Kopf auf die Seite, was ihre Verachtung bedeuten sollte. „Zum Beispiel: Es war einmal ein Huhn, das legte lauter krüpplichte Eier ..."

„Damit kann ich nicht gemeint sein, denn ich habe nur einmal ein krüpplichtes Ei gelegt", versetzte das fremde Huhn geärgert. „Ich bin sehr neugierig, wie die Geschichte weiter geht."

„Das kann sich jeder selber denken", sprach das andere.

„Du könntest uns wirklich etwas erzählen, Papachen", meinte das zweite gewöhnliche Huhn, das neben dem Hahn stand; „sie fangen vor lauter Langeweile an, sich zu zanken."

„Still", machte der Hahn; „ich besinne mich eben." Und er hatte richtig schon ein Bein in die Höhe gezogen, wie er zu tun pflegte, wenn er nachdachte. Und endlich sagte er: „Ich werde euch die Geschichte von der Hühnerburg erzählen."

* * *

Es war einmal Kirmeszeit, wo die Menschen den großen Appetit bekommen und so viele Tiere auf einmal schlachten. Da kam eines Tages die Köchin eines Gutes auf den Hühnerhof und besah sich die Hühner, und aus ihren Reden hörten die, dass am nächsten Morgen sieben von ihnen in den Bratpfannen schwitzen sollten. Da entstand große Trauer, denn keines war sicher, dass es nicht zu den sieben gehörte, und niemand wusste, wie das drohende Unheil abzuwenden sei.

In ihrer Not gingen endlich ein paar junge Hähne zu dem Hofhund Flaps mit Namen, welcher ein guter Freund von ihnen war, und klagten ihm ihr Leid. „Warum bleibt ihr denn hier?“, fragte der. „Wenn ihr Courage habt, so macht euch davon.“ – „Ach ja“, seufzten die jungen Hähne, „wer doch Courage hätte! Aber du hast auch keine, sonst lägest du nicht den ganzen Tag an der Kette und ließest dich von den Kindern foppen; woher sollen denn wir sie nehmen?“

„Eh“, sprach der Hofhund, „man hat sein gutes Auskommen so. Aber wenn ihr wollt, so gehen wir zusammen und lassen uns irgendwo nieder. Füttern freilich müsst ihr mich, das sage ich euch gleich.“

Da bekamen die jungen Hähne mit einem mal Courage, liefen in den Hühnerhof und überredeten alle Hühner, mit ihnen und Flaps zusammen die Flucht zu wagen.

Als es dunkel war und Flaps von der Kette losgelassen, ging er in den Hühnerhof, schob den Riegel von der Stalltür und ließ alles hinaus, und nun machte sich die ganze Gesellschaft so still wie möglich unter dem Hoftor hindurch ins Freie.

Seelenvergnügt flogen und wanderten sie darauf während der Nächte über Felder, fraßen Getreide von den Ähren, die noch standen, oder von den Stoppeln, und wenn Flaps Hunger bekam, so legten sie ihm schnell ein paar Eier. In menschenarmen Gegenden zogen sie auch des Tages vorwärts, aber wo

Gefahr war, rasteten sie und verbargen sich bis Sonnenuntergang.

Die Köchin aber, die früh in den Hühnerstall schlachten ging, fiel vor Schrecken in Ohnmacht, als sie alles leer fand, und man musste sie unter die Pumpe legen und einen ganzen Eimer Wasser über sie pumpen, ehe sie wieder zu sich kam.

Die Gesellschaft gelangte auf ihrer Wanderung in eine kahle Heide, und nachdem sie zwei Tage und zwei Nächte gewandert waren, ohne Spuren von Menschen zu sehen, stießen sie auf ein verfallenes Haus, dessen Tür offen stand. Flaps durchsuchte es, und da er nichts Verdächtiges finden konnte, beschlossen sie, sich darin niederzulassen und eine feste Burg daraus zu machen, damit sie gegen alle Gefahr gesichert wären. Sie stopften alle Lücken mit Grasbüscheln, und Flaps sammelte einen Wall von großen und kleinen Steinen ringsherum. Ein Teil aber musste weithin ausfliegen und Getreide sammeln, das schütteten sie auf dem Boden für den Winter auf, und im Frühjahr säten sie den Rest aus, der wuchs und wurde ein großes Getreidefeld. So lebten sie ein vergnügtes Dasein und Merr, der Wächter, nämlich ein alter Hahn, der auf dem Schornstein seinen Sitz hatte und das Warnungssignal geben sollte, wenn er etwas sah, was ihm nicht geheuer dünkte, schlief schon zuweilen vor Altersschwäche und Langeweile ein, weil er gar nichts zu tun bekam, und Flaps, der die Verteidigung der Burg übernommen hatte und die erste Zeit sehr pflichtgetreu innerhalb des Walles und auf demselben herumgetrabt war, wusste jetzt meistens auch nichts Besseres anzufangen.

Eines Abends aber, zur Zeit des ersten Schnees, sagte es in einer Ecke des Futterbodens „piep". Zur selben Zeit waren zwei alte Hennen auf dem Boden, um ein paar Körnchen zu sich zu nehmen, und die eine hörte es.

„He", sprach sie, „was ist das? Wir haben doch um jetzige Zeit keine Eierkinder mehr? Dort piepte etwas in der Ecke."

Eben piepte es wieder.

„Es ist auch eine andere Art piep", meinte leise die zweite.

Wie sie hinzu schlichen, sahen sie zwei Mäuse sitzen; der Mauspapa putzte sich den Bart, aber die Mausmama fraß Körner, und das war das Gefährliche.

„Ihr da", rief die eine Henne, „das ist unser Getreide; den Winter wollen wir euch mit durchfüttern, aber im Frühjahr hört das auf und ihr macht, dass ihr fortkommt!"

„Piep!", sagten die Mäuse, und fort waren sie.

Die Hennen erzählten das, aber man sorgte sich nicht weiter darum.

Eines Tages indessen hatte die Mausmama sieben Junge, sieben nackte, winzige Mäusejunge. Und es kam eine Zeit, da pfiff es in allen Ecken des Bodens, hinter allen Balken waren Löcher, und im nächsten Winter nahmen die Getreidevorräte so rasch ab, dass man sah, es würde gar keine Aussaat bleiben.

Nun war in der Hühnerburg guter Rat teuer. Zwar fiel manche Maus einem wohlgezielten Schnabelhieb zum Opfer, aber die Mäuse wehrten sich auch und bissen nach den Beinen. Und alles in allem wurden ihrer immer mehr statt weniger. Da beschlossen die Burgleute, drei weiße Hähne auszusenden, ob sie nicht irgendwo ein Mittel fänden, um die Mäuse zu vertilgen.

Die drei Hähne zogen den ganzen Tag und sahen nichts, was da hätte helfen können. Gegen Abend kamen sie an wildes Gestein mit vielen Löchern und Klüften und verabredeten, sich hier, ihres Alters halber, in der Nacht Ruhe zu gönnen. Sie setzten sich also in eine Kluft, steckten den Kopf unter die Flügel und schliefen ein.

Mitten in der Nacht wachten sie auf, denn sie hörten große Flügel schlagen und wie etwas dicht bei ihnen schrie: „Huhu! Huhu!" Und als sie die Köpfe aus der Kluft reckten, saß da eine große Eule, die klappte die Flügel auf und nieder und ihre Augen rollten wie glühende Feuerräder im Kopfe. „Mäuse hier!", schrie sie „huhu! Mäuse her!"

Die drei Hähne stießen sich an und einer sagte: „Das ist ein Wink des Himmels!" Und wie die Eule immerfort schrie, fasste der eine sich ein Herz und rief: „Mäuse so viel du magst, ein ganzes Haus voll, wenn du mit uns kommen willst."

„Wer seid ihr?", fragte die Eule und leuchtete mit ihren Feueraugen in die Kluft.

Wir kommen aus der Hühnerburg, wo tausend Mäuse unser Korn fressen."

„Ich komme mit", sagte die Eule und schnalzte mit dem Schnabel, „ich komme mit."

In der Frühe saßen alle Hühner schon auf dem Boden und horchten, ob Merr auf seinem Schornstein noch kein Zeichen gäbe. Mit einem mal rief der:

„Kikeriki – da kommen sie!"

„Was bringen sie denn?"

„Einen Vogel, der keinen Hals hat."

Nun flogen die drei Boten mit der Eule zum Schornstein herein. „Ich rieche Mäuse, Mäuse!", schrie die Eule und fuhr auf dem Boden herum, und bald hatte sie eine in den Klauen. Jetzt waren alle Hühner zufrieden und sprachen: „Die wird's schon machen."

Ein paar Tage ging es auch recht gut. Aber da merkten die Mäuse, dass die Eule bloß Nachts gut sehen konnte, bei Tage aber schlecht, und am allerschlechtesten um Mittag, wenn die Sonne gerade in die Bodenfenster schien. Nun kamen sie bloß um diese Zeit zum Vorschein und scharrten so viel Korn in ihre Löcher, dass sie bis zum nächsten Tag genug hatten. Eines Nachts fand die Eule auf dem Boden nichts zu fressen bis früh, ausgenommen ein paar Hühnereier, die schlug sie auf und entdeckte, dass sie besser schmeckten als die fettesten Mäuse, und sie tat jetzt nichts mehr als das Haus nach Eiern zu durchfliegen. Die Hühner merkten das, und die drei alten Hähne gingen endlich zu der Eule und sagten, sie möchte nun wieder abziehen, zum Eierfressen brauchten sie niemand.

„Eier her!", schrie die Eule sie an, „Eier her, oder ich hacke euch allen die Augen aus!" Und damit wetzte sie ihren krummen Schnabel, dass die drei Hähne vor Angst zum Schornstein hinaus flogen.

Unten trafen sie Flaps, der auf dem Wall lag. „Nun?", fragte der, „sind die Mäuse bald alle gefressen?"

„Ach", sprach ein Hahn, „der Dickkopf frisst gar keine, sondern bloß Eier, und wenn wir ihm keine Eier bringen, will er uns die Augen aushacken."

„Wartet bis Mittag", sagte der Hund, „dann bringe ich ihn um."

Als es Mittag war, klinkte Flaps die Türe auf und lief auf den Boden; dort fand er die Eule in einer Ecke sitzen, die knackte mit dem Schnabel als er heran kam und klappte die Augenlieder auf und zu.

„Bist du der Räuber, der hier die Augen aushacken will?", fragte Flaps.

„Du musst sterben."

„Augen will ich haben", fauchte die Eule, „Hundeaugen", und damit hackte sie nach ihm. Mit einem Schnapp hatte zwar Flaps sie zwischen den Zähnen, aber ehe sie tot war, hatte sie ihm richtig ein Auge ausgehackt.

„Schadet nichts", sprach Flaps; „ich habe die Burg gerettet, und mehr als ein Auge braucht man nicht zum Sehen." Und die Hühner feierten ein großes Freudenfest, das einen ganzen Tag lang dauerte.

Aber die Mäuse waren immer noch da und die drei weißen Hähne mussten sich zum zweiten mal auf den Weg machen, um Hilfe gegen sie zu suchen. Sie flogen einen Tag und eine Nacht und hatten immer noch nichts gefunden; da, gegen Morgen, kamen sie in einen dicken Wald, und als die Sonne aufging, gewahrten sie auf einer Waldwiese ein rotes Tier, das vor einem Mauseloch stand. Das war nämlich ein Fuchs. Nicht lange darauf fuhr der Fuchs zu und hatte eine Maus erwischt. „Gott sei Dank", sagte er, „man hat doch wenigstens noch ein Frühstück, nachdem man sich die liebe Nacht umsonst geplagt hat."

„Hört ihr's?", frohlockte der eine Hahn, „er ist ganz glücklich, dass er eine Maus gefangen hat. Das ist der rechte. – Heda!", rief er von dem Baum herunter, „Mausfresser, du kannst einen ganzen Boden voll solcher Kahlschwänze haben, wenn du mit uns gehen willst. Aber du musst uns versprechen, dass du nicht statt der Mäuse unsere Eier speisen willst."

„Nicht um die Welt fräße ich Eier", sagte der Fuchs und blinzelte zu dem Baum hinauf. „Wo kommen Sie denn her, meine schönen Herren?"

„Wir wohnen in der Hühnerburg, die niemand kennt, nur die Mäuse, die uns das Korn wegfressen."

„Ei, ei", sprach der unten und leckte sich die Zähne, „da gibt es wohl noch mehr solche schöne Hühnerchen?"

„Natürlich, die ganze Burg voll."

„O, so kommen Sie", rief der Fuchs und verdrehte die Augen, „und wenn zehntausend Mäuse auf dem Boden wären, sie sind allzumal Kinder des Todes. Sie wissen gar nicht, edle Herren, welch ein Leckerbissen solch eine Maus ist."

Diesmal mussten die Hühner in der Burg bis zum Abend warten ehe Merr auf dem Schornstein seinen Spruch tat. Endlich aber rief er wieder: „Kikeriki – da kommen Sie!"

„Was bringen sie denn?"

„Einen feinen Junker mit vier Beinen, der einen roten Pelz anhat."

Als der Fuchs an den Wall kam, schnupperte er und sagte: „Es riecht nach Hunden, die können mich nicht leiden."

„Du brauchst dir deshalb keine Sorge zu machen", sprachen die Hähne, „es ist nur einer da, nämlich unser Geselle Flaps, und der bleibt immer draußen vor der Burg und freut sich mit uns, dass du die Mäuse fressen willst."

Der Fuchs wollte zwar erst nicht in die Tür, die Flaps mit brummigem Gesicht aufklinkte; aber als er so viele Hühner in den Fenstern gucken sah, lief ihm vor Begier das Wasser im Maul zusammen und er schlüpfte schnell hindurch und kletterte auf den Boden. Er war sehr artig gegen alle Hühner, am meisten aber gegen die alten Hennen, und man pries sich glücklich wegen eines so feinen Nothelfers, besonders als der auch gleich hintereinander vier Mäuse fing.

In der Nacht, als alles schlief, schlich der Fuchs in die Stube, wo die jüngsten und fettesten Hühner saßen, und biss zwei jungen Hähnen die Hälse ab, ehe sie mucken konnten. Danach begab er sich an ein Fenster, öffnete es leise ein wenig, warf die Hähne hinunter und verriegelte rasch noch die Haustür, worauf er sich zu den alten Hühnern hinüber machte und sie weckte. Er stöhnte so, dass alles fragte, was ihm denn fehle. „Ach!", sagte er, „was haben meine Augen ansehen müssen! Der Hund, den ihr draußen vor eurer Burg herumlaufen lasst, ist in das Haus geschlichen, und in der Stube der lieben Jugend drüben biss er schnell wie der Blitz zwei Hähne tot, die so schön waren wie Engel. Zufällig verfolgte ich eine Maus die Treppe hinunter und so kam ich dazu, wie der Räuber sich mit seiner Beute davon machte. Kommt nur mit, ihr sollt sehen, dass ich wahr gesprochen habe."

Er führte die Erschrockenen hinüber an das Fenster, und da erblickten sie Flaps, wie er vor den toten Hähnen stand und sie beschnupperte. „Wer hätte das gedacht", jammerten die alten Hennen. „Ja", sagte der Fuchs, „ihr könnt mir danken, dass ich die Tür verriegelt habe. Ich rate euch: gebt ihm den Laufpass und setzt mich an seine Stelle; ich will euch ganz anders hüten."

„He, aufgemacht", schrie Flaps an der Tür; „da habt ihr euch wieder eine schöne Zuchtrute aufgebunden." Aber wie er auch rüttelte, niemand schob den Riegel weg. „Ach", seufzte Flaps, „sie werden am Ende gar schon alle tot sein!" Er kratzte an einer Mauer ein verstopftes Loch auf, kroch hindurch und kam eben zurecht, um zu hören, wie die alten Hennen verlangten, dass man ihm keine Eier mehr geben und die Burg verriegelt halten sollte, damit er vor Hunger entweichen müsste. Im Eifer hörte niemand die Tritte des Hundes; der fasste mit einem Satz den Fuchs beim Kragen, dass dem zuerst hören und sehen verging, dann versuchte der Ertappte sich zu wehren und erwischte noch kurz vor seinem Ende ein Ohr des Hundes, das er bis zur Wurzel abzwickte.

„Das Ohr ist hin, aber der Räuber auch", sagte Flaps, als der Fuchs mausetot dalag. „Für euch undankbare Hennen bin ich mit einem Ohr schön genug. So lange bin ich euer guter Gesell gewesen, und nun glaubt ihr diesem hergelaufenen Bösewicht, dass ich auf meine alten Tage ein Mörder geworden wäre."

Da schämten sich alle, die für den Fuchs Partei genommen hatten, und baten Flaps ihr Unrecht ab; und das Freudenfest, das sie jetzt über ihre Erlösung feierten, war noch großartiger als das erste und dauerte zwei Tage.

Aber die Mäuse waren nicht minder froh, dass der Fuchs tot war, denn nun hatten sie wieder freies Spiel. Was war zu tun? Die weisen Hähne mussten zum dritten Mal ausziehen, und diesmal wollten sie recht vorsichtig sein. So flogen sie denn noch länger als früher, weil sie ein paar Katzen und eine Kornweihe nicht einladen wollten; „denn", sprachen sie untereinander, „mit vierbeinigen und zweiflügligen Geschöpfen haben wir schon Unglück gehabt." Sie gelangten endlich in die Nähe eines Dorfes, und da lag auf einem Feldrain ein Slovake mit Mäusefallen. „Ach", seufzte der, „meine Mäusefallen sind so gut, dass sie der Herrgott nicht besser machen könnte, und ich habe heute noch nicht eine verkauft!"

„Glück zu!", sagten die Hähne, welche das gehört hatten, „dies ist unser Mann; er hat weder vier Beine noch zwei Flügel, mit dem sind wir gewiss nicht betrogen." Und nun machten sie dem Slovaken ihren Antrag. Der lachte vergnügt und begab sich gleich mit ihnen auf den Weg.

„Kikeriki – da kommen sie!", rief Merr am zweiten Morgen nachher auf seinem Schornstein.

„Was bringen sie denn?"

„Einen schwarzen Mann mit kleinen Gitterhäuschen."

Der Slovake wurde auf den Boden geführt, und weil er gerade von seiner letzten Mahlzeit noch etwas Speck bei sich hatte, so schlug er Feuer, briet ein paar Stückchen auf dürrem Gras und stellte seine Fallen auf. Richtig: nicht zehn Minuten dauerte es, so saßen in jeder Falle ein paar Mäuse, und die Hühner waren darüber vor Freuden ganz außer sich. In ihrer Dankbarkeit beschlossen sie etwas ganz Besonderes zu tun, nämlich jede Henne begab sich zu dem Slovaken und legte ihm ein frisches Ei.

Ein paar Tage lang tat der Slovake nichts als Eier essen und Mäuse fangen. Aber eines Tages war der Speck aufgebraucht und der Slovake der Eier überdrüssig; und ohne etwas zu sagen, griff er sich das fetteste junge Huhn heraus und drehte ihm den Hals um. Welch ein Schrecken! Die Hennen erhoben ein Zetergeschrei und die Hähne krähten ihn vor Zorn dermaßen an, dass er beinahe taub wurde. „Was wollt ihr Narren?", schrie er endlich, „mit Speck fängt man Mäuse: ich muss Speck haben." Und er rupfte das Huhn ein wenig, machte sich ein Feuer und fing an, seine Beute zu braten.

Inzwischen hatte Flaps das Geschrei gehört, und da es gar kein Ende nahm, ahnte er Unheil und ging in das Haus. „Ach das Unglück!", riefen ihm ein paar Hähne entgegen, die ihn eben holen wollten, „der Mörder hat die junge Kratzfuß umgebracht und sie wird jetzt gebraten."

„Du bist ein Kind des Todes!", knurrte Flaps den Slovaken an, als er auf den Boden kam.

„He, Kamerad, das ist noch keine ausgemachte Sache", sprach der Slovake, nahm seinen dicken Knüttel, den er mitgebracht hatte, und streifte sich die Ärmel auf. Aber da hatte der zornige Hund auch schon sein Bein gepackt. Der Slovake schrie und lief zur Treppe, dabei schlug er mit dem Knüttel wie ein Rasender um sich, und das Unglück wollte, dass er dem armen Flaps ein Bein zerschlug. Der ließ den Slovaken los, und dieser rannte nun so schnell er konnte, und Flaps mit seinen drei Beinen vermochte ihn nicht mehr einzuholen. „Wartet nur", schrie der Slovake von weitem, „das will ich euch gedenken!", Und er wurde kleiner und kleiner auf der Heide, bis er verschwand.

Dieses Mal feierten die Hühner kein Fest. „Ach", sagte alles traurig, „wir sehen nun schon, dass wir die Mäuse nicht bezwingen werden." Dazu lag der arme Flaps krank, und es dauerte ein paar Tage, ehe er geheilt war; lahm blieb er nachher doch auf dem zerschlagenen Bein. Und eines Morgens geschah es, dass Merr auf seinem Schornstein wieder krähte: „Kikeriki – da kommen sie!"

„Wer kommt denn?", fragten alle ganz erschrocken.

„Soldaten in blauen Kitteln und Zipfelmützen; sie tragen Mistgabeln und der schwarze Mann ist ihr General."

Da flogen die Hühner auf das Dach hinauf und sahen den Slovaken mit einer Menge Bauern kommen, gerade auf die Hühnerburg zu. Als sie die Nachricht davon zu Flaps hinunter brachten, sagte dieser: „Der Schuft von einem Slovaken hat uns verraten. Nun müssen wir auswandern. Macht euch fertig und seid guten Mutes: wir hätten wegen der Mäuse doch nicht lange mehr hier bleiben können."

Schnell nahmen die Hühner noch so viel Getreide in den Kropf als sie konnten, und dann machte sich alles davon.

Wie die Bauern ankamen und im ganzen Haus nichts fanden als ein Häuflein Körner, wurden sie zornig auf den Slovaken und schlugen ihn windelweich; und als sie die Körner teilten, kamen fünf auf jeden, die nahmen sie mit, und die Mäuse konnten nun auf dem Messer pfeifen.

* * *

„Das war die Geschichte von der Hühnerburg."

„Sie war sehr schön", sagte das eine fremde Huhn, welches darüber eingeschlafen war und eben aufwachte, „sehr unterhaltend." Die Drescher hatten eine Pause gemacht, sonst wäre es gewiss nicht eingeschlafen.

„Das versteht sich von selber", meinte der Hahn voll Würde, sträubte die Halsfedern und schüttelte sich dann.

„Was ist denn nachher aus den Hühnern geworden?", fragte eines von den gewöhnlichen Hühnern.

„Übers Jahr kannst du wieder danach fragen, dann will ich es dir sagen," versetzte der Hahn, schon im Fortschreiten, und ging Regenwürmer suchen.

Die Zauberpfeife

Am Fichtelgebirge liegt ein Wald, so alt und dicht wie selten einer. Er ist schon ein richtiger Gebirgswald: hügelig und schluchtig, mit Felstrümmern durchsät; meist himmelhohe Tannen voll halbellenlanger Flechtenbärte, dass kaum ein Sonnenstrahl zu Boden kann, dazwischen lichtere Stellen mit Laubbäumen, dickbemoosten Steinblöcken, Farnen, Brombeergerank, Pilzen und Waldblumen – ein ausgesucht heimlicher und einsamer Wald. Kein Weg führt hindurch, und sicherlich finden sich nur ganz wenige Stellen darin, welche schon ein Menschenfuß betreten hat. Auch gibt es in großer Entfernung erst Menschenwohnungen.

In diesem Wald lebten brüderlich zwei Zwerglein, Zipp und Zapp, so recht weltabgeschieden. Das waren zwei steinalte Knaben. In einer Schlucht, die sonniger war, als irgend eine Waldstelle in weiter Umgebung, und welche darum im Sommer einem grünen Gärtchen glich, bewohnten sie eine Höhle unter Felsblöcken, die sie sich vollends ausgegraben und als nette Stube eingerichtet hatten. Zipp war ein fröhlicher, kunstreicher Gesell, der aus Ästen die kleinen Bettstellen, Tische, Stühle und Vorratsschränke gezimmert, aus Lehm das Geschirr geformt und gebrannt hatte; er balgte tote Tiere ab, die Zapp gefunden, und fertigte daraus die ganze Kleidung für sich und den Gesellen, als hätte er auf einer Schneiderakademie studiert. Er fegte auch, säuberte und kochte: Kräuter- und Wurzelgemüse und Beerensuppen, denn sie waren zwei friedliche Leute, die niemals irgendwelchem Getier nachstellten, um ihren Gaumen mit feinem Braten zu ergötzen. Was nun Zapp betrifft, so war der den ganzen Tag auf den Beinen; er besorgte nämlich das Sammeln der Nahrung für den Tag und der Vorräte für den Winter: er stach mit seinem Messer Wurzeln und Knollen, schnitt Kräuter, las Beeren und schleppte Leseholz, holte auch Wasser aus dem nahen Waldquell.

Das Waldgetier mochten sie nicht nur nicht töten: sie lebten mit einem Teil davon auf bestem Fuße. Da sie die Sprache dieser Geschöpfe erlernt hatten, so war das sehr unterhaltsam für sie. Zugleich auch für die Tiere sehr nützlich, denn Zipp verstand sich auf die Heilung von Wunden und Krankheiten, und Zapp hatte so etwas Ehrwürdiges an sich, dass er sehr gut zum Schlichten von Streitigkeiten taugte. Im Ganzen vertrug man sich im Wald, nährte sich schlecht und recht und vertrieb sich ohne sonderliche Störung die Zeit, so gut es jedes konnte und mochte.

Nun gut. Eines Tages saß Zipp vor der Tür und nähte ein Paar Winterschuhe aus Maulwurfsfellen, wozu er sich eins pfiff. Da hörte er plötzlich auf und ließ Nadel und Hammer fallen, denn es kam ein Getrappel heran. „Sollte das Lampe sein?", sagte er bei sich, „dann hat er es aber sehr eilig."

Richtig, es war Lampe, der Hase.

„Ach du lieber Himmel!", rief der und warf sich vor Erschöpfung lang hin. „Es ist aus, es ist alles aus. Meine liebe Frau ist mausetot."

„Mein tiefes Beileid", sagte Zipp mitleidig. „Wäre vielleicht ihr Fell für uns zu haben? Zapp braucht ein Paar neue Wasserstiefel."

„Geht nur, jawohl, holt es euch!" Und nun erhob der Hase ein Gequäk wie nur irgend ein unglücklicher Hase auf der Welt quäken kann. Und dazwischen schrie er: „Ich sage euch aber, nehmt euren eigenen Pelz dabei in acht. Ein Fuchs – ein Fuchs – ein Fuchs ist da, der hat sie gefressen!"

„Das ist mir doch außer dem Spaß", sagte Zipp ganz betroffen. „Hier ist noch nie ein Fuchs gewesen; aber wenn dem so ist, dann steht es schlimm um unser friedliches Leben."

Es war nun aber wirklich so, und als Lampe wieder zu sich kam, erzählte er sein Unglück mit allen Einzelheiten. Er hatte noch nicht ganz geendet, da knisterte und rasselte es in den Tannen und hopp – hopp kam es den nächsten Stamm herunter. Wahrhaftig: Klettermännchen, das Eichhorn aus der Nachbarschaft. Es zitterte erst jämmerlich und konnte gar nichts herausbringen. „O, o, o – Meister Zipp", meckerte es plötzlich, „ein Fuchs ist hier im Wald und hat meine Frau, meine Frau gefressen. Sie hat unten an der dicken Buche, der dicken Buche gesessen und hat Eckern, hat Eckern geknackt. Ich hab's gesehen, wie er geschlichen kam, war stumm vor Schreck und schnapp! Hatte er sie, schnapp! Hatte er sie. Ach ich armer Mann, ich armer Mann!"

„Hier ist noch so einer", sagte Zipp und zeigte auf Lampe. „Das sehe ich schon, nun ist hier niemand seines Lebens mehr sicher."

Indem hörte man Flügelklatschen über den Tannen, und blitzschnell kamen in großer Aufregung zwei Waldtauben durch die Zweige her geschwirrt und ließen sich in das Gras fallen.

„Huhu – ruckeru – junge Brut munter runter, stopft den Kropf: rucks, schnappt sie der Fuchs – huhu – ruckeru …"

„So, so", nickte Zipp verstört. „Ich bedaure euch von ganzem Herzen; aber ich kann euch nicht helfen, ausgenommen, dass ich euch rate: nehmt euch in Acht! Lampe, du hast zwei große Löffel zum Hören und vier Läufe, die schneller sind als Fuchsbeine. Klettermännchen, du springst auf den Bäumen so gut, wie auf der Erde, und kannst dich oben nähren, wo der Fuchs nicht hinkommt; und ihr zwei könnt weither Körner holen und euch mit euren Flügeln helfen, in der Luft hat kein Fuchs noch jemandem ein Leid angetan. Sagt es dem Rotkehlchen, das soll sich bei dem Räuber halten und warnen, und bringt im Walde herum, was allen droht, aber so eilig wie möglich, ehe noch mehr Unheil geschieht."

„Ach, meine liebe Frau!", rief Lampe und huschte davon, zwischen die finsteren Stämme hinein. „O, o, o meine Frau, meine Frau!", rief Klettermännchen und war mit ein paar Sätzen in den Tannenwipfeln verschwunden. „Huhu, schmucke Jungen geschlungen, flügge Brut – wie das tut!", gurrten die Tauben, nickten trübselig mit den Köpfen und flogen auch fort.

Zipp wollte seine Arbeit wieder anfangen, aber die Sache ging ihm so sehr im Kopf herum, dass er die Nadel nach den ersten Stichen wieder stecken ließ.

„Wenn doch Zapp erst käme." Nun: da kam denn auch Zapp mit einem Sack voll Pilzen und einem Sack voll Blaubeeren. „Es ist etwas Schreckliches passiert", sagte Zipp. „Es ist ein Fuchs in den Wald gefallen und hat schon die Frauen von Lampe und Klettermännchen und die Kinder der Waldtauben gefressen."

„Dass dich …!", sprach Zapp und setzte die Säcke hin. „Das ist eine schöne Bescherung. Aber was können wir dabei tun? Er ist uns zu mächtig. Vielleicht, dass wir mit List seiner Herr werden. Wir wollen's beschlafen und morgen weiter darüber reden."

Sie hatten Moosmatratzen in ihren Betten und Felldecken darüber, und als sie gegessen und getrunken hatten, krochen sie hinauf und schliefen ein. Mitten in der Nacht wachte Zipp auf, da hörte er es vorn bei der Tür kratzen und schnaufen.

„Zapp", sagte er, und gab dem einen Stoß, dass er aufwachte, „da ist etwas nicht in Ordnung; an unserer Tür wirtschaftet jemand."

„So will ich Licht anzünden."

Zapp schlug Feuer, blies eine Flamme an und nahm einen Kienspan. Mittlerweile war Zipp schon bei der Tür und horchte; und plötzlich brach da das Erdreich durch und eine spitze Schnauze und zwei glühende Augen waren zu sehen.

„Heda!", rief Zipp, „hier wohnen anderer Leute Kinder. Wer hier bei Nacht und Nebel einbrechen will, kann sich arg die Pfoten verbrennen. Bring den Kienspan, hier ist der Herr Fuchs; der will heimgeleuchtet sein."

Wahrhaftig, es war der Fuchs! Und wo ein Fuchs mit dem Kopf durch ist, da kommt auch der Schwanz nach. Mit etwas Drängen und einem großen Satz war er in der Stube.

„O", sagte er heuchlerisch, „hätte ich das gewusst, nicht mit einer Pfote hätte ich mich bemüht! Aber man will doch etwas haben für seine Arbeit. Ich bin gern bereit, in einer so schönen Stube mit so artigen Leuten zusammen zu wohnen. Ihr wollt nicht? So packt euch hinaus!", schrie er mit einem mal, „oder ich renne euch um und fresse euch auf, dass kein Knöchelchen übrig bleibt!" Und dabei fletschte er die Zähne und hing die rote Zunge heraus.

„Oho!", meinte Zipp, „das möchte so rasch wohl nicht angehen." Aber er schob doch den Riegel zurück, dass die Tür aufsprang, und als er das bedenkliche Gesicht Zapps hinter sich sah, ging er hinaus und der ihm nach, und der Fuchs riegelte hinter ihnen zu.

Nun schritten die beiden Zwerglein mit hängenden Köpfen ein Stück in die Tannen, und endlich setzten sie sich auf einen Felsbrocken.

„Es ging nicht an, sich zu wehren“, sprach Zapp kleinlaut. „Wir waren nicht gerüstet; und er hat seine Zähne immer bei sich. Wenigstens wissen wir nun, dass er sich an uns zwei nicht wagt, und wir können immer noch über eine List nachdenken. Aber wir dürfen fortan nicht beide zugleich schlafen, einer muss immer Wache halten.“

So geschah es denn auch diese Nacht abwechselnd. In der Morgenkühle wachte Zapp auf und sagte: „Ich hab’s. Mir hat geträumt, wir sollten, wenn er schläft, in dem gekratzten Loch Reisig anzünden, dass er von dem Rauch ersticken muss.“

„Probieren geht über Studieren“, meinte Zipp. „So wollen wir tagsüber Reisigbündel binden.“

Am Mittag lauerten sie, bis der Fuchs eingeschlüpft war, um Mittagsruhe zu halten. Dann trugen sie sacht das Reisig hin, zündeten es an und kletterten schnell einen Baum hinauf, um das weitere abzuwarten. Aber es dauerte nicht lang, da hörten sie die Tür aufgehen und niesend und prustend kam der Fuchs heraus, besah sich das Feuer und strich dann suchend durch die Umgebung. Dabei rief er zornig: „Das hat niemand als die Wichte getan, sie sollen mir’s büßen.“

Die beiden lauerten still den Tag über und ließen ihn gehen und kommen. In der Nacht wanderten sie ein gutes Stück fort und schliefen dann wieder abwechselnd. Früh war der letzte, der aufwachte, Zipp. „Hei“, sprach er, „ich habe einen besseren Traum gehabt. Wir sollten das große Netz nehmen, worin wir die Pilze zum Trocknen aufhängen, und es vor dem Loch befestigen. Wenn er hineinspringt, zieht es sich zu und er ist gefangen.“

„Das ist ein gefährlich Ding!“, sagte Zapp. „Willst du es ausführen, so muss ich in die Bäume hinauf und scharf Wache halten.“

Als der Fuchs den Nachmittag davonstrich, bestieg Zapp eine Tanne, gut zum Auslug, und Zipp kroch in die Wohnung, holte das Netz hervor, pflockte es innen rings um das Loch an und band den Schnürfaden draußen fest an einen nahen Ast. Alsdann kletterte er zu Zapp hinauf.

Gegen Abend erst erschien der Fuchs, aber diesmal kam er über die Steine geklettert, welche die Wohnung deckten, und stieß im Herabspringen gerade mit der Nase auf den Strick.

„He", murrte er, „hier muss ein Seiler gesessen haben. Ich glaube beinah, hier ist etwas nicht richtig." Nun betrachtete er das Loch, zog an dem Strick und fasste endlich vorsichtig mit der Pfote hinein. „Ah! Das war ein Zufall und fünf Heller; das konnte mich Kopf und Kragen kosten. Ich sehe nun, dass sie mir das Leben hier verleiden wollen. Wenn ich die zwei Narren aufspüre, kenn ich keine Gnade mehr."

Er löste das Netz ab und kroch darauf vorsichtig in das Loch. Zipp und Zapp aber auf dem Baum sahen sich betrübt an. „Ich gebe nichts mehr auf Träume", murrte Zapp. „Ich weiß, was ich tue. Ich gehe zum Auerhahn, der muss mir sagen, wie wir den Fuchs aus dem Revier vertreiben können. Er ist ein Zaubervogel; und ich weiß schon, wo ich ihn finde."

Sie stiegen nach einer Weile wieder sacht hinunter, und Zapp machte den Führer in den Wald hinein. Die Wanderung währte beinahe die ganze Nacht; endlich zeigte Zapp auf eine alte Tanne: „Da habe ich ihn schon oft sitzen sehen."

„Warte du hier", sagte Zipp, „ich gehe ein Stück, denn ich graue mich vor ihm."

Sie legten sich nun nieder, Zipp ein Stück hin in den Wald, Zapp an der alten Tanne. Nach einer Weile wachte Zapp von einem mächtigen Rauschen und Zweigeknacken auf, da sah er im Morgengrauen den Auerhahn über sich sitzen; der hub an zu schnalzen, und dann spreizte er den Schwanz und tanzte hin und her.

Zapp bekam erst einen großen Schrecken und musste sich, als er aufgestanden, an den Baumstamm lehnen, so sehr lähmte es ihn. Dann aber fasste er sich ein Herz und brachte sein Anliegen vor. Der Auerhahn hörte ruhig zu, bloß seine roten Augen funkelten zum Fürchten.

„Geh ein Stück der Sonne entgegen", krähte er endlich. „Da wirst du an einen kleinen Hügel kommen, unter dem liegt ein Musikant begraben. Auf dem Hügel wächst ein Holunderstrauch; von dem schneide einen geraden Wuchs ab und schnitz dir ein Querpfeiflein, damit komm über drei Tage um dieselbe Zeit wieder her und pfeif darauf; ich will ein Stündchen danach tanzen und dir dann sagen, was du tun sollst. Jetzt aber spute dich, dass du mir aus dem Gesicht kommst."

Als Zapp zu Zipp kam, geschah es mit einer betroffenen Miene. „Wenn wir keine Pfeife schnitzen können, so nutzt es uns nicht." – „O, dessen vermesse ich mich wohl", antwortete Zipp – „Aber eine Querpfeife muss es sein."

Sie gingen der Sonne nach, fanden den Hügel und den Holunderstrauch, Zapp gab Zipp sein Wurzelmesser, damit schnitzte er. Zwei Tage arbeitete Zipp, da war er fertig, setzte die Pfeife quer vor die Lippen und blies. Kaum war der erste Ton heraus, so machte Zapp ein vergnügtes Gesicht und hob ein Bein hoch, und bei den nächsten Tönen fing er an zu schwenken und zu springen, dass Zipp vor Lachen aufhören musste. „Um des Himmels willen, pfeif nicht wieder", rief Zapp mürrisch. „Das geht nicht mit rechten Dingen zu. Es fuhr mir in die Beine, ich weiß nicht wie."

„Brüderchen", schrie Zipp, „ich merke etwas. Mit dieser Pfeife stelle ich mich ohne Angst vor alle Füchse der Welt!" Und dann sprang er selber wie besessen auf einem Bein herum.

Nun: am nächsten Morgen stand Zapp an dem alten Tannenbaum und pfiff, da kam der Auerhahn gerauscht, blinzelte ihn mit den roten Äuglein gnädig an und begann zu der Musik auf einem starken Ast zu tanzen. Das ging hin und her, der Leierschwanz wippte und die Flügel hingen herunter, und dazu nickte der Kopf zierlich bald hierhin und bald dahin. Als eine Stunde etwa vergangen, ließ sich der Auerhahn mit gespreizten Flügeln vom Baum fallen, dass Zapp mit Zittern die Pfeife aus den Fingern verlor.

„So“, sprach der Auerhahn. „Wenn du den Fuchs siehst, so pfeife, das übrige wird sich finden. Die Pfeife darfst du behalten, damit kannst du alle Friedensstörer aus dem Wald bringen und den anderen Wesen Ergötzung schaffen. Aber treib keinen Missbrauch damit, sonst verschwindet die Pfeife und ich kann euch nicht wieder helfen.“

Rrrrr – burr – fort war er.

„Zipp, ich halte das Pfeifen nicht lange aus“, sagte Zapp etwas ängstlich, als er bei seinem Gesellen war. „Du hast einen längeren Atem; willst du nicht dem Fuchs pfeifen?“

„Mit Freuden!“, rief Zipp. „Ich will blasen, bis er sich die Lunge ausgetanzt ha, denn tanzen muss er wie ich glaube; das ist die Heimlichkeit der Pfeife. Pass auf, wir wollen es gleich noch einmal probieren.“

Eben nämlich flogen die Waldtauben durch die Bäume. Zipp setzte an und pfiff, da hielten sie ein und ließen sich herunter. Sie wollten etwas sagen, aber sie kamen gar nicht dazu: mit einem mal legten sie die Köpfe auf die Seite, ließen die Flügel hängen und führten den sonderbarsten Tanz von der Welt auf, dass Zapp vor Ergötzen den Mund von einem Ohr bis zum anderen zog; dabei aber musste er selber mit seinen Wasserstiefeln springen, dass er zuletzt kaum Luft mehr holen konnte.

„He", schrie Zipp, „was meint ihr? Damit geht es gegen den Fuchs an. Fliegt einmal und seht, ob ihr Klettermännchen und Lampe findet und bringt sie an unsere Wohnung; sie sollen mit ansehen, wie er abgestraft wird."

Die Tauben folgen fort, und die Männlein gingen weiter. Unterwegs sagte Zapp: „Ich bleibe lieber abseits, wo ich nichts höre, denn für mich ist tanzen nichts mehr, das merke ich. Hier setze ich mich, und wenn du ihm das letzte Lied gepfiffen hast, lass mich holen, damit ich ihm das Fell abziehe."

Zipp ging weiter, und unterwegs stießen schon die Waldtauben und Klettermännchen und Lampe zu ihm, die voll Neugierde waren. „Ihr braucht euch gar nicht zu fürchten", meinte Zipp stolz. „Er kann euch nichts antun, wenn ihr mich bei euch habt."

Das war gerade um die Mittagszeit, als sie bei der Wohnung anlangten. Zipp kroch dreist in das Loch, aber auch gleich wieder zurück, um zu melden, dass der Fuchs noch nicht da sei. Ein Stückchen von der Höhle kamen zwei dicke Baumwurzeln aus der Hügelwand und liefen über den Hohlweg und dann jenseits in der Erde weiter. Auf die Wurzeln setzte sich Zipp und machte sich bereit, den Fuchs zu empfangen. Die Tiere waren anfangs etwas besorgt, als ihnen aber der Kleine zuredete, versprachen sie, den Fuchs abzuwarten. Die Waldtauben suchten sich einen Zweig aus, Klettermännchen einen Stamm, den er aus Langweile auf und ab lief, und Lampe drückte sich dicht bei Zipp auf den Boden. Endlich kam der Fuchs, blickte erst mit giftigen Augen auf Zipp, gewahrte aber dann den zitternden Lampe und stürzte sich mit einem Satz auf ihn. Da setzte Zipp die Pfeife an und begann aus Leibeskräften zu blasen. Hei, was war das? Der Fuchs ließ von Lampe ab, schwang sich mit einem Ruck auf die Hinterbeine, machte verzückte Augen und fing an, auf und nieder zu trippeln. Aber wahrhaftig: Lampe hob sich nun ebenso auf und fing an zu tanzen! Das gab eine Polka, wie sie die Welt noch nicht erlebt hatte. Der Fuchs nahm den roten Schwanzbusch auf und schwenkte wie ein Tanzmeister, und Lampe warf die langen Hinterläufe und reckte die Löffel in die Luft, als fürchtete er, dass ihm ein Ton verloren gehen könnte. Und die Waldtauben tanzten auf dem Zweig, dass sie Mühe hatten, nicht herunterzufallen, und Klettermännchen sprang wie toll von einem Ast auf den anderen.

„Ei, ei", sprach Zipp bei sich, „das habe ich dumm gemacht. Wenn es der Fuchs länger aushält als die anderen, dann muss ich zu früh aufhören und ihn entwischen lassen."

Er blies und blies. Ja, wie wird es werden? Richtig, mit einem mal rief die eine Waldtaube: „Krru, du, lass ab, es ist mein Grab!" Da hörte Zipp auf und schrie: „Rasch, fort mit euch, die andern halten's aus!"

Allein kaum hatte er abgesetzt, so besann sich der Fuchs, hob plötzlich die Rute und rannte wie von zehntausend Hunden verfolgt davon. Es nutzte nichts, dass Zipp rasch noch einmal die Pfeife ansetzte: es war nichts zu sehen und zu hören mehr von ihm.

„Heda!", rief Zipp den Tauben zu, „fliegt, wenn ihr noch könnt, und seht zu, wo er geblieben ist."

Aber bloß der Tauber konnte noch fliegen, und es dauerte lange, lange, ehe er wiederkam.

„Kruckeru – kam dazu: sprang – juh! – aus dem Wald ins Feld, in die Welt, huhu!"

„Wiederkommen wird er nicht", meinte Zipp verdrießlich. „Nun ist er doch seiner gerechten Strafe entgangen: und er hätte zwei so schöne Pelzanzüge abgegeben! So hilft das nicht, und ich bin schuld an allem."

„Hätte es ausgehalten", sagte das Klettermännchen. – „Ich glaube, ich auch", fügte Lampe hinzu, aber er ächzte dabei ganz gewaltig. „Nun, wir werden's bei den nächsten Tanzvergnügen sehen, die kommen werden. Ich bin allemal dabei."

Zipp ging Zapp holen. Er dachte, der würde brummen, dass er den Fuchs hatte entwischen lassen. Aber dem war nicht so. Und so zogen sie vergnügt wieder in ihre Wohnung ein, säuberten sie gründlich, stopften das Loch zu und feierten am anderen Tag richtig das erste Ballfest mit allem Getier, das in der Eile dazu geladen werden konnte.

„Mag wieder ein Räuber kommen; wir werden ihm eins pfeifen", sagten Zipp und Zapp, als sich die Gäste verabschiedeten und alle lachten.

Ja, wenn man doch solch ein Tanzvergnügen einmal mit ansehen könnte, das wäre doch etwas!

Die Windhunde

„Hast du schon Windhunde gesehen?"

„Ja."

„Hast du gemerkt, dass sie gar nicht so frech sind wie andere Hunde, sondern immer still und ängstlich, und dass sie oft über den ganzen Leib – so dünn, dass man alle Rippen zählen kann – zittern?"

„Ja."

„So höre, wie das gekommen ist."

„Bei der großen Sündflut – weißt du? – hat Noah auch zwei Windhunde mit in die Arche genommen. Sie kläfften damals wie die anderen Hunde und waren gerade so unverschämt, ja noch unverschämter, denn sie waren die letzten, die gehorchten, als Noah sie gerufen hatte. Da sprach Noah zu ihnen: „Hört einmal, ihr bekommt nun auch einen Verschlag, wie alle Tiere, und ihr dürft euch nicht etwa losmachen und in der

Arche herumlaufen, sonst werdet ihr ins Wasser geworfen und müsst elend ertrinken."

„Die Windhunde ließen sich an die Kette legen, und da hörten sie es immerzu regnen und regnen und regnen. Zuletzt wurde ihnen das langweilig, sie probierten, aus dem Halsband zu schlüpfen, und weil sie einen so dünnen Hals und Kopf hatten, gelang ihnen das. Ei, sprach der eine zum anderen, wir wollen uns doch ein Stückchen hier in der Arche umsehen, Noah wird es nicht gleich merken.

„Sie guckten in den ersten Verschlag, darin waren zwei große Bullenbeißer, die fuhren wütend auf sie los, da erschraken sie und huschten weiter. Aber da lechzten aus dem nächsten Verschlag zwei Wölfe gegen sie, und nun verloren sie den Kopf und rannten in Todesangst fort und fort: all die schrecklichen Raubtiere brüllten auf sie ein, die Panther, die Leoparden, die Löwen, die Tiger und wer sonst noch, nun streckten gar die Elefanten ihre Rüssel heraus und griffen nach ihnen, und das war ein Lärm hinter ihnen, nicht zu beschreiben …

„Da haben sie laufen gelernt wie der Wind. Und sie liefen gerade gegen Noah, der kam, um nach der Ursache des Aufruhrs zu sehen. Die Windhunde standen jämmerlich da, die Zunge hing ihnen heraus und sie zitterten am ganzen Leib wie Espenlaub. Vater Noah besah sich die armen Schelme und sprach endlich: „Eigentlich sollte ich euch nun in das Wasser werfen; aber ich denke, ihr habt euer Teil, so will ich Gnade üben. Indes, ihr seid ein windiges Pack, darum soll euch die Furcht und das Zittern als Denkzettel verbleiben, euch und euren Nachkommen für alle Zeiten."

Alsdann nahm er sie in die Arme und trug sie wieder in ihren Verschlag, und die großen Tiere, als sie Noah erblickten, waren mucksmäuschenstille – ja, bis die Sündflut sich verlaufen hatte.

Die drei Wehe

Eine arme Witwe hatte einen einzigen Sohn, den hatte sie schlecht und recht aufgezogen, und nun war er herangewachsen und konfirmiert worden. Am Tag nach der Konfirmation trat sie zu ihm und sprach: „Mein guter Toni, es ist jetzt an der Zeit, dass du dich entscheidest, was du in der Welt werden willst; du musst anfangen, dir dein Brot zu verdienen, denn ich werde immer älter, und es ist mir in der letzten Zeit schon schwer genug geworden, das Nötige zum Leben für zwei zusammenzubringen."

Da lachte der Junge mit all seinen guten weißen Zähnen und erwiderte: „Sorge dich nicht, Mutter! Ich ziehe nun in die Welt hinaus, und mir kann es nicht fehlen, denn der Pastor meint, ich hätte einen anschlägigen Kopf, und dass ich ein paar gute Arme habe, das wissen meine Kameraden aus der Schule. So lass uns denn Abschied nehmen; wenn es mir gut geht, wirst du von mir hören."

Die Mutter gab ihm seinen Sonntagsanzug, auch Wegzehrung und einen kleinen Sparpfennig, küsste ihn mit Tränen zum Abschied und fragte nur noch: „Wohin willst du denn gehen?"

„Immer der Nase nach", sagte der junge Mensch so vergnügt, als ginge es in das Schlaraffenland, und damit zog er von dannen.

Von dem Abschied her war ihm doch nicht ganz wohl zu Mute, aber er verbiss sich das tapfer und schritt ein paar Meilen auf der Landstraße hin, bis er in ganz fremde Gegenden kam. Gegen Abend hielt er vor einem großen Wasser, und da er müde geworden von der Wanderung, so setzte er sich, um den Rest seiner Wegzehrung, die ihm die Mutter eingepackt, aufzuessen. Während dem ließ er die Blicke umherschweifen und gewahrte einen Kahn, der auf dem Wasser schaukelte und mit einem Strick an einen Pfahl gebunden war.

„Ei", dachte Anton, „darin könnte man sich zur Nacht ausstrecken. Es muss sich darin schlafen wie in einer Wiege."

So stand er denn, nachdem er den letzten Bissen in den Mund gesteckt, auf und schritt zum Wasser hinab. Im Wege lagen da drei große Steinplatten, auf die musste er treten, bevor er in den Kahn gelangen konnte. Kaum dass er den Fuß auf die erste gesetzt hatte, so rief unter dem Stein hervor eine dumpfe heulende Stimme: „Wehe!" Es dröhnte so laut, dass die Bäume im Walde oben es widerhallten.

Der junge Mensch trat erschrocken weiter auf die zweite Platte. Und wieder, kaum dass er darauf festen Fuß gefasst, scholl es unter dieser Platte hervor: „Wehe!", und der Wald oben gab das Echo. Da stolperte Anton hastig auf die dritte Steinplatte. – Himmel! Zum dritten Mal das hässliche Geheul: „Wehe!"

Ganz betäubt und verwirrt stand Anton jetzt neben der Platte und starrte auf die drei merkwürdigen Dinger in der Erwartung, dass da noch irgendetwas Unheimliches sich ereignen würde. Aber die Platten sahen ganz wie gewöhnliche Steinplatten aus – es war noch vollkommen hell genug, um das zu bemerken – und nichts rührte sich in ihrer Nähe.

Mit Herzklopfen ging er weiter auf den Kahn zu. Wo er angebunden war, stand ein großer, dichtbelaubter Haselnussstrauch, und als der junge Mensch an demselben angelangt war, gewahrte er, dass hinter dem Strauch auf der Wasserseite zusammengehockt ein steinaltes Männchen saß, das unverwandt auf das Wasser hinausblickte. „Dem gehört am Ende der Kahn", dachte Anton, „so darfst du nicht ohne weiteres einsteigen."

„Guten Abend", sagte er höflich. „Ich wollte die Nacht in dem Kahn da schlafen. Wenn Ihr aber etwas dagegen habt, Vater, so will ich mir ein Lager im Wald zurechtmachen."

„Tu, was du musst", sagte der Alte, ohne die Augen auf Anton zu richten.

Anton war nicht sehr erbaut von der Gegenwart des sonderbaren Greises; doch war sein Mut schon wieder gewachsen, und er trat zuversichtlich auf den Kahn zu. Da fiel ihm ein, dass er das Männlein wohl wegen der Stimmen befragen könnte, die er gehört. So kehrte er wieder um, stand bei jenem still und fragte:

„Alter Vater, wisst Ihr mir vielleicht zu sagen, welcherlei Bewandtnis es mit den drei Steinen dort hat? Ihr habt wohl gehört, dass ein jeder von Ihnen ‚Wehe!' rief, als ich darüber ging."

„Ich bin jung gewesen und alt geworden", klang die schläfrige Antwort des Alten, der noch immer die Augen nicht von der Wasserferne wegwandte; „und dies habe ich erfahren: wohl dem, der überwunden hat."

„Ich verstehe Euch nicht recht", sagte Anton kopfschüttelnd. „Wollt Ihr mir nicht genauer mitteilen, was Eure Antwort mit den drei Weherufen zu tun hat?"

Das Männlein sprach kein Wort weiter, wiewohl es noch eine Weile mit den schmalen Lippen wackelte. So ging denn der junge Mensch wieder dem Kahn zu, legte sich darin zurecht und entschlief endlich sanft.

Als er aufwachte, sah er zu seinem Schrecken, dass der Kahn sich über Nacht gelöst haben musste, denn er schwamm auf dem Wasser, und von Land war ringsum nicht das mindeste zu sehen. Dazu verspürte Anton Hunger und er wusste nur zu wohl, dass sein Vorrat an Lebensmitteln aufgezehrt war. Er suchte nichtsdestoweniger in seiner Tasche – da gab es ein paar

Krumen, die er in den Mund steckte; dann schöpfte er aus dem Wasser, doch das war ganz salzig und bitter wie Tränen. „Ich will aufpassen, ob nicht ein Fisch in die Nähe kommt, den ich greifen kann", dachte der Hungrige.

Aber der Tag verstrich, kein Fisch ließ sich sehen. Hingegen erblickte Anton gegen Abend einen dunklen Streifen Land am Horizont, der seinen Mut belebte. Denn da der Kahn die Richtung gegen den Streifen zu inne hatte und vorwärts fuhr, obwohl nicht der geringste Wind wehte, so rechnete er, dass die Wasserfahrt in nicht ferner Zeit ihr Ende nehmen müsste.

Als die Dämmerung hereinbrach, sah der junge Mensch eine felsige Küste vor sich, die oben mit Bäumen bewachsen war. Der Kahn trieb in eine Bucht und legte so an, dass der Insasse bequem aussteigen konnte. Da Anton eine schwache Hoffnung hatte, oben noch irgendetwas zur Nahrung zu finden, so kletterte er durch das Gestein empor und hielt am Anfang eines Waldes, der aus ihm unbekannten Bäumen bestand. Etwas Essbares gewahrte er nirgends, der Boden trug einen kümmerlichen Graswuchs.

„Ei", sagte der junge Mensch endlich, „von Gras werden die Ochsen satt, warum soll es mir ganz undienlich sein?" So rupfte er ein paar Hände voll und kaute. Dies Abendbrot schmeckte ihm nicht sonderlich, aber es löschte doch einigermaßen Hunger und Durst.

Nachher besann er sich, ob er noch wandern solle, und entschloss sich endlich, hier zu nächtigen, da dem unbekannten Wald nicht zu trauen war. Er legte sich nieder und schlief nicht ohne Sorge ein.

In der Frühe fand er sich an der gleichen Stelle. Der Kahn unten war verschwunden. Er wollte erst wieder Gras essen. „Ach", dachte er dann, „vielleicht finde ich unterwegs Besseres." So zog er in den Wald hinein. Er fand da nichts Besseres, ja zuletzt nicht einmal Gras mehr. Auch war nichts Lebendiges in dem Wald zu erblicken, nur dass in den hohen Baumwipfeln zuweilen ein Vogel kreischte.

Endlich war der Wald ganz zu Ende. Vor Anton lag eine weite sandige Fläche, auf der nichts wuchs, als hie und da eine Distel. „Irgendwo muss es doch hier Menschen geben", sprach er für sich. Und nun wanderte er auf die Sandebene hinaus, weiter und immer weiter. Er wanderte einen Tag, er wanderte zwei Tage: da gab es nichts zu essen und nichts zu trinken.

Und mehr als der Hunger plagte ihn jetzt der Durst, denn tagsüber schien eine heiße Sonne. Seine Zunge lechzte, und seine Augen brannten ihm, dazu war ihm so schwach in den Gliedern, dass nur der Mut der Verzweiflung sie noch belebte. Endlich legte er sich am dritten Tag in der Dunkelheit platt hin und sprach: „Ich gehe nicht weiter, hier will ich sterben."

Als er aufwachte, war der Sand um ihn feucht. Da meinte er, hier müsse doch Wasser in der Erde sein, zog sein Taschenmesser und begann ein Loch in den Sand zu graben. „Ich höre nicht eher auf, als bis ich entweder Wasser gefunden habe, oder tot bin", sagte er entschlossen. So grub er denn mit Messer und Händen den ganzen Tag. Da stieß er am Grund des Loches, das er gewühlt, auf etwas Hartes, das gab einen Klang von sich wie Silber; und mit einem mal sagte ein ganz feines Stimmchen unten:

> „Erst begräbt man mich,
> Dann zerschneidet man mich,
> Dann schlägt man mich auf den Kopf,
> Dann zerquetscht man mich,
> Dann ersäuft man mich,
> Dann brennt man mich,
> Dann beißt man mich,

Dann verschlingt man mich –
Ach was für ein armer Tropf bin ich!"

Anton hielt erst verdutzt inne, und einen Augenblick ging es ihm durch den Kopf, was das sein möchte. Darauf grub er vorsichtig weiter und fand ein silbernes Kästchen, und wie er das aus dem Boden nahm, sprudelte ein Quellchen darunter aus dem Sand hervor. Rasch setzte er den Fund bei Seite und trank sich erst satt; dann aber nahm er ihn wieder und betrachtete ihn. Es war an dem Kästchen nichts weiter bemerkenswert, als dass der Deckel nicht zu öffnen war, auch mit dem Messer nicht: ja das Messer rutschte ab, ohne auch nur eine Schramme zu erzeugen. Außerdem gab es in dem Kästchen ein feines Klappern.

Inzwischen stieg das Wasser in dem Loch, und Anton zog es vor, hinaufzusteigen und sich im Trocknen niederzulassen. Hier setzte er zuerst seine vergeblichen Versuche, das Kästchen zu öffnen fort, dann legte er die Hände in den Schoß und wiederholte sich in Gedanken, was das klappernde Ding in dem Kästchen gesprochen hatte.

„Ei", dachte er, „was gibt es nur so Kleines, dem vergleichbares passieren könnte?" Und endlich meinte er in Gedanken: „Das könnte ja ein Getreidekorn sein. Erst kommt es in die Erde, dann wird es als Ähre gemäht, dann gedroschen, kommt in die Mühle, wird als Mehl zu Teig eingerührt, gebacken, gekaut und gegessen – ja wahrhaftig", sprach er freudig, „da ist ein Korn gemeint."

Kaum hatte er das laut gesagt, so sprang der Deckel vom Kasten auf, und in dem Kasten lag wirklich ein Korn, das sah weiter nach gar nichts aus, und Anton wurde ein wenig verdrießlich, denn in einem Wunderkasten erwartet man eigentlich etwas ganz Erstaunliches.

„Ha, du Ding", rief er, „jetzt wirst du begraben." Damit buddelte er das Korn in den Sand. Allein das war kaum geschehen, so wuchs vor seinen sichtlichen Augen ein Pflänzchen heraus, schoss mit dem Halm empor, und die Ähre blühte und reifte und streute die gelben Körner von sich, und die gelben Körner wuchsen wieder auf, und dazu lief die Quelle aus dem Loch über und rieselte auf den Sand hinaus, zuerst nach der Stelle hin, wo die grünen Pflänzchen so lustig aufschossen – es war ganz erstaunlich, das alles mit anzusehen. Ehe man hundert gezählt hätte, gab es da ein kleines Feld, und das wurde zusehends größer: während in der Mitte die riefen Ähren stehen blieben, säte sich der Rand ringsum aus und pflanzte sich fort wie Feuer in dürrem Rasen.

Anton saß mitten drin und lachte: „Haha, jetzt bin ich der reichste Bauer im Dorf." Er griff nach den Ähren, rieb gemächlich Körner aus und aß deren so viel, bis er satt war. Dann richtete er sich auf und sah sich um: so weit sein Auge reichte, war Ährenfeld. Vergnügt spuckte er in die Hände. „Wenn ich jetzt eine Sense hätte!" Sofort lag eine Sense neben ihm wie vom Himmel gefallen. Da begann er lustig einzuhauen und merkte gar nicht vor Eifer, dass nunmehr auf einmal das Wachsen aufgehört hatte.

In der Nacht hatte Anton einen Traum. Ihm war, als stünde er wieder vor den drei Stufen und wollte auf die erste treten, da bemerkte er, dass sie mitten durch gesprungen war, und beim Erwachen sagte er sich: „Aha, durch das erste Wehe wäre ich durch, und mit dem zweiten wird's ja wohl noch Zeit haben." Er griff wieder zur Sense. Ein paar Wochen mähte er, dann band er Garben.

„Nun will ich einfahren", rief er keck, als er vor der letzten Garbe stand.

Da hielt ein Wagen, mit zwei Braunen bespannt, neben ihm, und drüben, wo er den Brunnen gegraben, erblickte er Gebäude. Er lud also den Wagen voll und fuhr auf die Gebäude zu: da war es eine Scheune und ein Pferdestall, und in der Scheune lag sogar ein Dreschflegel auf der Tenne.

Anton drosch nach dem Einfahren, dann wünschte er sich eine Mühle, aber eine mit ein paar Stuben unten – die bekam er auch, und zuletzt sogar einen Backofen, in dem brannte schon die Glut, er brauchte nur auszuräumen.

Das war nun alles herrlich; hungern brauchte Anton sicherlich nicht mehr, und dürsten auch nicht. Er lebte eine Zeitlang fleißig und vergnügt, bis er nicht mehr wusste, was er mit den Vorräten anfangen sollte. Dazu hätte er denn doch auch gern einmal andere Speise gehabt, als das ewige Brot, und auch die Einsamkeit wurde ihm fühlbar.

„Es müssen doch irgendwo in der Nähe oder Ferne Leute wohnen", sprach er bei sich. „Vielleicht lässt sich mit ihnen Tauschhandel treiben."

Eines Tages belud er den Wagen mit Mehlsäcken und reichlichem Mundvorrat und fuhr in das Land hinein; um sich aber sicher wieder heimzufinden, band er unterwegs einen Sack auf und ließ einen Streifen Mehl hinter sich auslaufen. Als er drei Tage lang gefahren war, kam er in eine bewohnte Gegend, und nicht lange nachher sah er Reiter auftauchen, die riefen ihn schon von weitem an, aber er verstand ihre Sprache nicht. Sie kamen näher und umringten Anton, wunderlich gekleidet in weiße Mäntel mit Kapuzen, und alle mit Flinten bewaffnet. Auf ihr Bedeuten, dass er ihnen folgen solle, fuhr Anton mit ihnen bis zu einer Stadt, die bestand aus lauter Häuschen, die weißen Kästen glichen, mitten zwischen ihnen aber erhob sich ein stattlicher Palast mit Säulen, Gärten und Springbrunnen, vor den wurde er samt seinem Fuhrwerk geleitet. Eine Menge

Menschen hatten sich zu ihnen gefunden, die umstanden das Fuhrwerk, und aus dem Palast trat ein stattlich und trotzig aussehender Mann mit ein paar Begleitern, darunter ein Greis mit einem langen weißen Bart.

Der Greis sprach erst mit den Reitern, dann näherte er sich dem Wagen und redete Anton an.

„Das kann ich nicht verstehen", antwortete der und schüttelte den Kopf. Da lächelte der Greis und sagte: „So wirst du mich jetzt verstehen. Ich bin Selim, der allen Sprachen der Erde kundig ist. Deine Heimat ist fern von hier, wie kommst du in unser Land und was tust du hier?"

„Ich bin über das Wasser gekommen, und ich habe Mehl zu verkaufen", war die vorsichtige Erwiderung.

Der Greis ging zu dem stattlichen Mann auf der Palasttreppe zurück und sprach mit ihm. Dann kam er wieder nebst einem anderen Mann aus der Begleitung.

„Zeige eine Probe deiner Vorräte", sagte er.

Anton öffnete einen Sack, und der Begleiter des Alten kostete von dem Mehl, worauf er vergnügt mit der Zunge schnalzte. Wieder gingen die beiden nach der Treppe und sprachen. Dann kam der Alte und fragte:

„Mein Herr, bei dem die Macht und der Ruhm und der Reichtum ist allezeit, wünscht zu wissen, was du begehrst für deinen Vorrat, und ob du im Stande seiest, beständig davon zu uns über das Meer zu schaffen."

„So viel ihr braucht", antwortete Anton; „und was den Preis betrifft: so viel der Sack wiegt, so viel Gewicht sollt ihr mir an lebendem Fleisch dafür geben."

Als der Mann auf der Treppe die Antwort erfahren, nickte er Gewährung, und Anton nahm den Wagen ganz voll Schafe mit sich, als er abfuhr. Er kam auch glücklich heim und brachte seinen Ertrag unter. Des Abends ging er noch einmal vor dem Schlafengehen an den Brunnen: da stand eine einzelne reife Ähre, und plötzlich hörte er, wie die Ähre sprach: „Nimm mein oberstes Korn heraus, stecke es zu dir und verwahre es gut."

In der Nacht wachte er von einem Getümmel vor der Mühle auf, in der er schlief: da sah er aus dem Fenster und merkte, dass die Mühle von Reitern umstellt war. Sie sprangen von den Pferden und ein halbes Dutzend kam herauf, und nun sah er ein, dass er verraten war und das man ihm seinen Besitz mit Gewalt entreißen wollte. Spione waren der Mehlspur gefolgt, um zu erkunden, wo sein Schiff läge.

Er ließ sich, da Widerstand nutzlos gewesen wäre, an den Händen und Füßen binden, worauf man ihn hinaustrug und auf ein Pferd festschnallte.

Im selben Augenblick aber waren Mühle, Scheune, Stall, Backofen und Felder verschwunden, auch die Quelle im Brunnen versiegt.

Unter den Reitern entstand erst großes Staunen, dann unmäßiger Zorn. Sie schlugen den Gefangenen windelweich, ehe sie mit ihm davonritten; und auch in der Nacht gab es ein Schelten und Schmähen auf dem Weg zum Palast, und als Anton gar vor den Herrscher gebracht wurde, machte der auf den Bericht der Reiter eine Bewegung, welche sehr deutlich sagte: „Kopf ab!" Aber da legte sich der Greis ins Mittel, der sich Selim genannt hatte, redete eindringlich mit dem Fürsten und wandte sich endlich mit diesen Worten an Anton:

„Mein Herr, über dessen Dasein die Sonne des Glücks leuchte bis ans Ende, schenkt dir das Leben um des Zaubers willen, über den du verfügst. Aber du wirst als ein Sklave arbeiten, bis dass du wiederhegestellt hast, was du ihm, dem Herrn des Landes, durch deine Zauberei zu entziehen wagtest."

Von da ab hatte Anton ein trauriges Los. Jeden Morgen bekam er eine Tracht Schläge auf die Fußsohlen, dann musste er in Ketten mit anderen Sklaven auf dem Feld oder im Garten arbeiten, und wenn er ermüdete, traf ihn ein Peitschenschlag auf den Rücken. Als Nahrung bekam er eine Art halbverbranntes Brot und Wasser, und als Schlafstelle musste ihm hartes Steinpflaster dienen. Alle acht Tage wurde er vor den Herrscher geführt und von Selim gefragt, ob er sich besonnen, und da er das Korn nicht von sich geben mochte, wieder seinem Schicksal überliefert.

Einmal arbeitete er im Garten, da sägte er einen alten vertrockneten Baum ab und war so recht zum Sterben unglücklich gestimmt. Da kam er mit der Säge auf etwas Hartes, und mit einem mal sagte ein feines Stimmchen in dem Baum:

„Geh ich ein,
So gehst du aus,
Geh ich vor,
So gehst du nach;
Wer mich ersteht,
Der macht mich verdreht;
Kopf ohne Bart,
Bart ohne Kopf:
Bin ich nicht ein närrischer Tropf?“

Anton durchfuhr wie der Blitz eine Hoffnung. Er sägte vorsichtig weiter nach oben, und als der Baum weit genug durchsägt war, machte er sich noch so lange zu schaffen, bis der Aufseher gerade mit dem Gärtner sprach. Dann warf er den Baum um: der wahr hohl, und in der Höhlung blinkte ein kleines goldenes Kästchen, das steckte Anton geschwind zu sich, ohne dass es jemand bemerkt hätte.

Als er nachts, da alles schlief, Ruhe zum Nachdenken hatte, überlegte er hin und her, was wohl in dem Kästchen sein könnte. Bei dem Worte „Bart" fiel ihm endlich der Schlüsselbart ein, und er sagte halblaut: „Sollte es wohl ein Schlüssel sein?" Kaum gesagt, so sprang der Deckel des Kästchens auf, und darin lag ein kleiner goldener Schlüssel.

Nun wusste Anton Bescheid. Er versuchte den Schlüssel zunächst in das an seinen Ketten befindliche Schloss zu stecken, aber er hatte das Schloss nur erst berührt, da ging es auf, und die Fesseln fielen ab. Er erhob sich, vorsichtig: Tür nach Tür öffnete sich bei der bloßen Berührung des Schlosses mit dem Schlüssel. Die Wachen schliefen, niemand hielt ihn auf, als er das geöffnete Palasttor durchschritt, und weiter durch die Straßen, bis er den gefährlichen Ort hinter sich hatte. Da stand er still und holte tief Atem, und dann sagte er: „Jetzt wollte ich doch, ich wäre in den Marstall gegangen und hätte das beste Pferd daraus mitgenommen."

Da kam es trab – trab – mit einem mal stand ein wunderschöner Rappe gezäumt und gesattelt vor ihm und ließ sich ruhig besteigen. „Nun denn", rief Anton ganz übermütig im Sattel, „ein paar Säckchen voll Gold aus der Schatzkammer hätten wohl auch noch auf dem Sattelkopf Platz!" Da klingelte es vor ihm, und er fühlte, wie vor ihm zu beiden Seiten etwas am Sattel herunterschlappte. Nun hatte er wieder seine ganze Zuversicht beisammen und schlug den Rappen so kräftig auf die Schenkel, dass der wie der Wind mit ihm davonfegte. Er ritt, ohne müde zu werden, bis er an das Meer kam; da war es wieder Abend, und er band das Pferd an einen Baum und sprach: „Jetzt mag es werden wie es will, ich muss ausschlafen."

Er schlief zwölf Stunden um und um. Einmal in der Zeit träumte er: er sähe wieder die drei Steinplatten, und wie er sie genauer betrachtete, war auch die zweite Steinplatte mitten durchgesprungen.

Als er aufwachte und sich die Augen rieb, vernahm er Stimmen und fuhr erschrocken empor, denn er dachte nicht anders, als dass Verfolger ihm auf der Spur wären. Aber da fiel sein Blick auf ein großes Schiff, das ein gutes Stück ab vom Ufer in See hielt, am Ufer selbst aber lagen zwei Boote. Er zog sich vorsichtig hinter einen großen Baumstamm zurück; da wieherte das Pferd und gleich darauf kamen Männer zur Stelle, die Anton mit ihrer Kleidung an seine Heimat erinnerten. Er trat beherzt vor und sprach sie an, und wenigstens ein Mann befand sich unter ihnen, mit dem er sich verständigen konnte. Der vermittelte es bei dem Kapitän, dass Anton samt seinem Pferd gegen das Versprechen einer reichen Belohnung auf das Schiff geschafft wurde, um an einer passenden Stelle, von der er bequem seine Heimat erreichen konnte, ausgesetzt zu werden.

Die Seefahrt ging gut von statten, aber es währte doch zwei Monate bevor für Anton das Ziel erreicht war. Den Schiffleuten erzählte er unterwegs über sein Schicksal nur, dass er in einem Kahn nach langer Meerfahrt an jene fremde Küste getrieben, dort in Sklaverei geraten, aber mit Hilfe des Pferdes entflohen sei. Vor allem sagte er nichts davon, was die beiden Säckchen enthielten. Erst als er das Land betreten hatte, öffnete er das eine Säckchen und belohnte die ganze Mannschaft mit gutem Golde wie ein Fürst.

Er ritt nun, sich von Ort zu Ort fragend, bis er in seinen Geburtsort anlangte. Aber da war sein Mütterchen gestorben, und als er erzählte, wie es ihm seltsam ergangen sei, machte man ungläubige Gesichter. Dennoch gefiel es ihm daheim so gut, dass er zu bleiben beschloss. Um aber dem Unglauben der Leute, der ihn verdross, ein Ziel zu setzen, kaufte er sich ein großes Stück ödes sandiges Heideland, das für niemand im Ort

Nutzen hatte, und ließ verkündigen: wer sich von der Wahrheit seiner Erzählung überzeugen wolle, möge an einem bestimmten Tag mit ihm auf das öde Land hinauskommen. Da fanden sich nun Leute genug, die ihm folgten; er aber ritt auf seinem schönen Rappen vor ihnen her.

Als man am Ziel angelangt war, stieg er vom Pferd, nahm das Korn hervor, welches er einst zu sich gesteckt, ehe die Reiter ihn gefangen genommen, zeigte es den Leuten und sprach: „So wahr dieses Korn vor euren Augen zu einem Fruchtfeld werden wird, so wahr habe ich erlebt, was ich erzählt." Er grub es in die Erde, und das Wunder, welches einst geschehen, wiederholte sich: das Korn wuchs vor den Augen der staunenden Menge zur reifen Ähre, streute Körner, die wiederum wuchsen – immer größer und größer dehnte sich das Fruchtfeld. Nun bekam Anton Mut und rief laut: „Alles sei wieder mein, was ich einst besessen!"

Da stand vor aller Augen der Stall, die Scheune, die Mühle, der Backofen, und neben Anton sank der Boden ein und die Quelle rieselte hervor. Im Stall wieherten die Pferde, die Mühle klapperte, im Backofen glühte ein Feuer – die Leute kam eine heimliche Furcht an vor dem unbegreiflichen Geschehnis, und sie wagten gar nicht, sich die Dinge zu besehen, sondern schlichen nach Hause.

Nun baute sich Anton von seinem Gold ein schönes Wohnhaus, suchte sich eine brave Frau und lebte, von den Leuten im Ort trotz seiner Jugend mit Ehrfurcht betrachtet, friedlich und behaglich als Gutsherr.

Da geschah es, dass eine Seuche in den Ort kam, die ergriff seine Frau und seine Kinder und zuletzt ihn selber.

In einer der Krankheitsnächte wachte Anton von einer großen Angst auf: da hörte er seine Frau im Fieber ächzen und stöhnen, und das jüngste Kind war aus dem Bettchen gesprungen und kam im Hemdchen zu ihm gelaufen; hinter dem Bettchen des Kindes aber stand eine lange hagere Gestalt, ein hohläugiger Mann in rotem Kleid, der grinste ihn höhnisch an. Anton sprang nun auch aus dem Bett, nahm das Kind auf den Arm und schrie den Mann an: „Wer seid Ihr und was wollt Ihr?"

„Ich bin der Tod und Ihr seid mein."

„Ungeheuer!", rief Anton, lies das Kind wieder auf den Boden hinab und stürzte auf die Gestalt zu. Die wich aber zurück, öffnete die Tür und sagte: „Ich komme wieder, meine Stunde ist noch nicht da."

Damit war er draußen. Die Frau aber wurde plötzlich ruhig, und auch das Kind ließ sich zu Bett bringen.

In der folgenden Nacht geschah dasselbe; auch in der dritten Nacht. Diesmal aber lief Anton dem Tod nach, in den Hof – da war der Tod verschwunden. Anton aber hörte im Pferdestall ein so wildes Getrappel und Getöse, dass er rasch zurücklief, sich notdürftig ankleidete, eine Laterne anzündete und in den Stall ging, so krank er war. Da sah er denn, dass die beiden Wunschpferde in großer Aufregung waren und den ganzen Boden unter sich aufscharrten. Ein tiefes Loch hatten sie schon geschlagen, und ganze Wolken Erde warfen sie noch heraus. Mit einem mal flog da etwas heraus, Anton vor die Füße, und als der hinabblickte, war es ein Kästchen aus blauem Türkis.

Als er das Kästchen aufhob, beruhigten sich die Pferde langsam. Aus dem Kästchen aber sprach es ganz fein:

> „Kein Baum, kein Gras,
> Von jedem was.
> Ein Wurm beim Wurm,
> Und doch kein Wurm.
> Kein Glied kann ich rühren,

Und krieche ich doch:
Ach wär ich in meinem schwarzen Loch!"

„O", sprach Anton freudig, „das ist eine Wurzel." Wahrhaftig: der Deckel sprang von selber auf und darin lag eine kleine Wurzel, die strömte einen merkwürdig würzigen Geruch aus, und als Anton den Geruch atmete, ging es ihm warm und kräftig durch alle Glieder und sein schwerer Kopf wurde leichter. Eiligst trug er die Wurzel in den Garten, suchte sich einen Blumentopf, tat die Wurzel in die Erde, und was er vermutet hatte, geschah: ein Keim schoss hervor, der wurde zu einem grünen Gewächs, wie eine Erdbeerstaude. Da ging er mit dem Topf bebenden Herzens in die Krankenstube, wo er seine Frau in großem Entsetzen wegen seines Fortlaufens fand, hob den Topf hoch und sprach: „O, Frau, ich glaube, dass dies hier das Kraut ist, das wider den Tod gewachsen ist."

„Ach Gott", sagte sie, „nun ist es aus mit ihm, er ist schon irre im Kopfe."

Aber Anton ließ sie an dem Kraut riechen und erzählte ihr dabei, was geschehen war. Da fühlte sie selbst, wie zauberkräftig der Geruch der Pflanze wirkte, und hieß Anton auch damit zu den Kindern gehen, und dann sprach sie: „Nimm von den Blättern und lass einen Tee kochen, das wird noch besser sein."

Als die Nacht kam, schliefen alle gesund, nur Anton nicht. Er hatte den Blumentopf bei seinem Bett und wartete. Um Mitternacht tat sich die Tür auf, da trat der Tod herein, und als er Anton im Bett sitzend erblickte, sagte er mit weit aufgerissenen Augen: „Heute nehme ich dich mit." Er ging auf Anton zu, unterwegs aber schnüffelte er schon, und als ihm Anton den Blumentopf vor die Nase hielt, schrie er wütend: „Verfluchtes Kraut! Verfluchtes Kraut!" Er machte kehrt und schoss zur Tür hinaus. „Ha!", rief Anton, „viel Glück auf dem Weg!", setzte den Topf hin und legte sich schlafen.

Im Traum sah er wiederum die drei Stufen am Meer, welche einst ‚Wehe!' gerufen hatten, und nun war auch die dritte mitten entzwei gesprungen. Er sah auch den Kahn wieder und in dem Kahn den Greis, den er befragt, der hielt gegen ihn vom Wasser her die Hand offen und sagte herüber: „Hüte deinen Schatz! Ich fahre hinaus auf das Meer ohne Ende, hinfort siehst du mich nie wieder."

Das Kraut im Topf war in der Frühe verwelkt; Anton tat die Wurzel heraus und verwahrte sie in dem Türkiskästchen. Wie glücklich und zuversichtlich er fortan lebte, nachdem auch das dritte Wehe überwunden, kann man sich vorstellen. Mit dem Kraut half er zuweilen den Leuten – für die Doktoren wäre nichts mehr zu verdienen gewesen, wenn er nur hätte überall sein können!

Anton selbst wurde natürlich sehr alt. Eines Tages aber hatte er die Wurzel aus dem Topf genommen und in ein offenes Fenster gelegt und war gegangen, das Türkiskästchen zu holen. Da hörte er Geräusche im Fenster, wandte sich um und sah eine Elster, welche die Wurzel im Schnabel hatte und mit ihr davonflog.

Umsonst sprang Anton durch das Fenster hinterher – die Elster flog weit über Feld, dem nächsten Wald zu, wenn er die Wurzel wieder haben wollte, musste er ihr dahin folgen. Das ging nun so gut es ging – seine Füße waren nicht die flinksten mehr. Er traf die Elster nirgends, verirrte sich, lief weiter und weiter, endlich sah er Wasser blinken.

Das war ja die Stelle, wo er als junger Mensch die Stufen gefunden!

Da lagen drei Stufen, die waren unversehrt, und er hütete sich, darauf zu treten; es waren wohl neue. Da lag auch ein

Kahn, und als er um das Gebüsch ging, weil ihm war, als müsse er den Alten finden, da saß dort der Tod und sah ihn feindlich an.

„Ich weiß es, du willst mich holen", sprach Anton.

„Fällt mir nicht ein", sagte der Tod und stand auf. „Du hast mich genug geärgert, jetzt kannst du hier sitzen und den Kahn hüten."

Damit stand er auf und lief in den Wald. Anton wollte auch dahin, um heimzukehren. Aber als er zehn Schritte gegangen war, standen seine Füße wie festgenagelt; erst als er umzukehren versuchte, wurden sie wieder beweglich.

Da setzte er sich mit einem tiefen Seufzer in das Gras, und wenn er nicht aufgestanden ist, so sitzt er noch und wartet auf Erlösung.

Seine Frau und die Nachkommen beider aber waren fortab dem Tod wieder gerade so verfallen, wie alle anderen Menschen, nur der Reichtum ist ihnen geblieben.

Grünkittelchen und Federweiß

Mitten in einem dichten Wald hatten zwei Leute einen Rosengarten, und in dem Rosengarten bewohnten sie ein hübsches Haus. Es lohnte sich, nur in die Nähe zu kommen, denn da roch alles nach Rosen; aber im Garten selber war es ganz unvergleichlich, da gab es Rosen in allen Gestalten und Farben, Zentifolien, Teerosen, Monatsrosen, Provencerosen, Bisamrosen, Moosrosen, und wie sie alle heißen, und rings um den Garten lief ein Zaun von Heckenröschen. Die meisten kleinen Vögel aus der Gegend kamen in den Rosengarten und bauten dort ihre Nester, und das Zwitschern und Singen nahm den ganzen Tag kein Ende. Zu fressen gab es genug für sie, denn es wimmelte von Fliegen, Mücken, Käfern und Schmetterlingen;

dazu floss ein klares Bächlein durch den Garten, und da hatten sie auch zu trinken, wenn sie durstig waren. Die beiden Leute hatten ein Kind, ein Mädchen. Als es noch ganz klein war, nahm es der Vatter einmal auf den Arm. Es stak in einem schneeweißen Bettchen und hatte ein weißes Mützchen auf, und wie er es so in die Luft hob und tanzen ließ, sagte er: „Weißt du, wie wir es nennen wollen, Frau? Federweiß soll es heißen, denn es ist mir, als ob ich eine weiße Flaumfeder in der Hand hätte."

Da nannten sie es richtig Federweiß.

In dem Wald wohnte ein Jäger, der hatte nichts als ein Söhnchen bei sich, das lief immer in einem grünen Jägerkittelchen herum und wurde von ihm nicht anders als Grünkittelchen geheißen. Und da Federweiß größer wurde, kam Grünkittelchen immer aus dem Wald hinüber in den Rosengarten und spielte mit ihm.

Die beiden Kinder wuchsen bald heran. Federweiß wurde eine sittige Jungfrau, zart und licht wie eine weiße Rosenknospe. Ihre Eltern ließen sie auch beständig weiße Kleider tragen, und dazu steckte sie sich selber immer eine Rose in das Haar, jeden Tag von einer anderen Sorte. Grünkittelchen aber war jetzt ein frischer Jägerbursch und hatte solche Kraft, dass er die jungen Eichen im Wald mit einem Ruck aus dem Boden reißen konnte. Und wenn ihn Federweiß jetzt kommen sah mit seinem grünen Jägerrock und dem Barett auf dem goldgelben Lockenhaar, so war es ihr, als ob sie ihn alle Tage lieber gewänne.

„Federweiß", sagte Grünkittelchen eines Tages, „wir wollen uns heiraten. Mein Vater wird schon alt und seine Hand unsicher und sein Auge trübe. Ich komme gewiss an seine Stelle, und da können wir zusammen in das Jägerhaus ziehen und ihn pflegen bis er stirbt."

Da wurde Federweiß rot und konnte kein Wort sprechen. Das machte Grünkittelchen ganz traurig und er sprach: „Du brauchst mir gar nicht mit Worten zu antworten. Gibst du mir jetzt bloß einen einzigen Kuss, so soll es nein bedeuten, und dann gehe ich in die weite Welt, und du siehst mich nie wieder; gibst du mir aber drei Küsse, so soll es ja heißen, dann gehe ich zu deinem Vater und frage ihn, ob er's zufrieden ist."

Da gab ihm Federweiß drei Küsse, und Grünkittelchen fiel ihr um den Hals und führte sie zu dem Haus im Rosengarten.

Er fragte nun den Vater um seinen Bescheid. Aber der machte ein bedenkliches Gesicht und sprach: „Grünkittelchen, du bist ein armer Bursch; überdem seid ihr beide auch noch zu jung zum Heiraten. Ziehe in die Welt hinaus und siehe zu, ob du dein Glück machen kannst, danach kannst du wiederkommen."

Federweiß ging derweil im Rosengarten spazieren und als sie Grünkittelchen so traurig daher kommen sah, fing sie an zu weinen.

„Weine nicht", sagte Grünkittelchen. „Ich muss freilich erst noch in die Welt hinausziehen und mein Glück versuchen, aber ich komme gewiss wieder und dann wirst du doch meine Frau. Versprich mir nur eins: dass du alle Tage zu meinem lieben Vater gehen und nachsehen wirst, dass es ihm an nichts fehlt."

Das versprach sie, und dann herzten und küssten sie sich noch einmal, und Grünkittelchen ging durch den Heckenrosenzaun in den Wald.

Als er am nächsten Morgen von seinem Vater Abschied genommen hatte und das Jägerhaus verließ, sah er vor der Tür etwas Buntes liegen: das waren drei Rosen, dunkelrote Burgunderrosen.

„Ach", sagte er, „Federweiß ist in der Nacht hier gewesen. Ich weiß schon, was die drei Rosen bedeuten sollen: das sind die drei Küsse, die sie mir gegeben hat, denn die Rosen sind so rot wie ihr Mündchen." Und er küsste jede Rose und steckte sie alle drei zu sich.

Das Herz tat ihm weh, wie er nun so allein in den Wald und in die Welt hinausziehen musste! Aber er wusste schon, wo er hinging: nämlich zum Hof des Königs, dem der Wald gehörte; der wohnte weit, weit gegen Mittag zu.

Es war noch gar nicht so lange her, dass Grünkittelchen fort war, da geschah etwas Trauriges. Zuerst starb der alte Jäger, Grünkittelchens Vater, und dann starben die Eltern der Federweiß, beide auf einen Tag.

Ein finsterer, weißköpfiger Mann, der mit einer hässlichen Frau in die Stelle von Grünkittelchens Vater getreten war und an den die arme Federweiß in ihrer Verzweiflung sich wandte, half die Eltern begraben.

„Ach", sagte Federweiß, „wenn ich nur wüsste, wo Grünkittelchen wäre; jetzt könnten wir uns heiraten."

„Die Welt ist groß", sprach der Mann. „Wer weiß, ob er sich jemals wieder einfindet. Wir wollen einstweilen gute Nachbarschaft halten."

Er und seine Frau stellten sich, als ob sie recht von Herzen mit Federweiß trauerten. Heimlich aber sprach der Jäger zu der Frau: „Etwas Gelegeneres konnte uns gar nicht kommen, als dass die reichen Leute im Rosengarten da so rasch starben und das hübsche Ding allein zurückließen. Das wäre so eine Partie für unseren Sohn! Den lassen wir kommen, und sie muss ihn heiraten, dann ist der Rosengarten unser, und wenn sie zuerst nicht will, so tun wir ihr alles gebrannte Herzeleid an, so lange, bis sie einwilligt."

„Ei", versetzte die Alte, „da wird es schon am besten sein, wir ziehen gleich in den Rosengarten, damit das dumme Geschöpf nicht vor Langeweile fortläuft und sich sonst wen in das Haus holt."

Gesagt, getan. Sie zogen hinüber, indem sie vorgaben, sie wollten Federweiß trösten und ihr die Langeweile vertreiben, und das gute Ding war es auch zufrieden. Nach einiger Zeit kam endlich auch der Sohn an, das war ein wilder, roher Bursche, und eines Tages verlangte der kurz und gut von Federweiß, sie solle ihn heiraten.

„Nein", antwortete die, „denn ich habe mich schon versprochen." Dasselbe sagte sie auch den beiden Alten und blieb dabei trotz allem Zuredens. Da gerieten alle drei in heftigsten Zorn.

„Jetzt heirate ich dich nicht eher, als bis du mich auf den Knien darum bittest", sprach der wilde Bursche. „Und das sollst du bald genug tun."

Eines Tages ging Federweiß in den Rosengarten hinab. Sie sah so traurig und blass aus in ihrem weißen Kleidchen; sie grämte sich um die Eltern, um der Leute willen, die sich bei ihr eingenistet hatten und sie mit zudringlichen Reden verfolgten und um Grünkittelchen, der so weit weggegangen war. Da stieß sie plötzlich auf den Burschen und sah, dass er Rosen abpflückte und auf die Erde warf; einen Strauch hatte er schon ganz kahl gerupft.

„Ach Gott", jammerte Federweiß, „Was machst du mit meinen Rosen?"

„Alle müssen sie herunter", sagte der Bursche giftig, „ratzekahl sollen sie werden bis auf den Stiel. Wenn du aber auf die Knie fällst und mich bittest, so will ich sie stehen lassen."

„Nein, du Unhold", sprach sie. „Ach, wenn doch Grünkittelchen hier wäre!" Und nun fing sie bitterlich an zu weinen und ging in ihre Kammer, da sah sie vom Fenster aus wie ein Stock nach dem anderen seine Rosen verlieren musste. Das war aber ein so trauriger Anblick, dass sie ihn zuletzt nicht mehr ertragen konnte. Sie nahm ein Tuch, das hing sie sich über das Gesicht, und so saß sie nun.

Jetzt tat der Bursche tagelang nichts weiter, als Rosen pflücken und auf die Erde werfen. Acht Tage lang hatte er damit zu tun, und jeden Abend ging er zu Federweiß hinauf und fragte, ob sie sich doch nicht eines anderen besonnen hätte. Aber sie antwortete ihm gar nicht.

Am achten Tage hatten die Rosenstöcke nur noch Blätter und nun watete der Bursche in die Rosenblätter hinein, die ihm bis an die Knöchel gingen, und fing an, auch die grünen Blätter abzurupfen. Nichts ließ er übrig als die Stiele.

„He", sagte er dann schadenfroh zu Federweiß, die noch immer in ihrer Stube saß und weinte und fast gar nichts aß, ist's nun genug, oder soll es noch besser kommen?"

Aber er bekam wieder keine Antwort.

Als er anderen Morgens in den Garten ging und sich umsah, ob es nichts mehr zu verderben gäbe, kam er an die Quelle, die so blink und blank durch den Garten hüpfte. Da saß Federweiß an der Quelle und wusch sich ihr verweintes Gesichtchen ab.

„Aha", sprach er, „die Freude sollst du nicht lange haben."

Er ging in den Wald und kam nach ein paar Tagen mit einem Wagen voller Säcke wieder, die waren ganz mit Salz gefüllt. Und der Alte und seine Frau liefen aus dem Haus und halfen abladen. Als sie nun den Fuhrmann wieder fortschickt hatten, machten sie die Säcke auf, schütteten das ganze Salz in die Quelle und stampften es fest.

Jetzt konnte es die arme Federweiß nicht mehr aushalten. „Ich werde fliehen", sagte sie, „weit fort kann der Fuhrmann noch nicht sein, der muss mich mitnehmen zu anderen Leuten, da will ich arbeiten und mein Brot verdienen."

Es war Abend, da sprang sie zum Fenster hinaus und lief dem Wald zu. Tief unten bei der Hecke blinkte etwas; sie sah, dass es drei weiße Rosen waren, die der Bösewicht übersehen hatte. Die pflückte sie und steckte sie als Andenken zu sich.

Mit einem mal regte es sich überall und flatterte, das waren die kleinen Vöglein, die im Rosengarten gewohnt hatten, die Nachtigallen, Grasmücken, Rotkehlchen, Schwalben und viele andere. Die kamen jetzt vom Haus, von den Hecken und von den Büschen herbeigeflogen, setzten sich der armen Federweiß auf die Schulter oder neben sie auf die Zweige und piepten so traurig.

„Ach ihr armen Vögelchen", sagte Federweiß, „wir müssen nun fort, denn wir haben keinen Rosengarten und kein Wasser mehr, und es ist niemand da, der uns helfen kann."

„Warte, ich will dir helfen, du Ausreißerin", rief es plötzlich hinter einem Baum. Und da kam ihr Quäler, der böse Bursche, gesprungen, riss ihr die Rosen aus der Hand und warf sie fort und dann nahm er das Mädchen beim Arm und führte sie wieder durch den Garten in das Haus.

Die Vöglein waren rasch auseinander gestoben.

Der Alte und sein Weib erwarteten die beiden schon bei der Haustür, und nun hagelte es Schelt- und Schmähworte auf das Mädchen, das in seinem weißen Kleidchen wie ein Engel vor ihnen stand. Endlich schloss die Alte ein finsteres Kämmerlein auf, in das weder Sonne noch Mond schien und das nur hoch oben ein kleines Guckfensterchen in der Wand hatte.

„So, du Närrin", sagte die Alte, „hier kannst du nachdenken, und wenn du spazieren gehen willst, brauchst du nur zehnmal die Wände herumzulaufen." Damit schlug sie die Tür hinter Federweiß zu und legte ein großes Schloss davor.

Oben ratschlagten die drei, was sie nun mit dem Mädchen anfangen wollten. Der Alte hätte sie am liebsten umgebracht. „Dann wäre alles unser", sagte er, „und ich wüsste nicht, wer nach ihr fragen sollte." Aber der Sohn sprach: „Nein, ich habe nun einmal meinen Kopf darauf gesetzt, dass sie meine Frau wird."

„So will ich sie wenigstens recht plagen, damit sie dieses Leben überdrüssig bekommt", meinte danach die Alte. „Sie soll Federn schleißen, dass ihr die Finger wund werden."

Anderen Tags, gleich in der Früh, fing das Federnschleißen an. Aber das ging so schlecht! Federweiß konnte kaum vor Dunkelheit sehen, und die Augen taten ihr bald weh vom Daraufgucken und vom Weinen dazu und ihre Fingerchen wurden ihr wund. Am Abend war ihr so übel zu Mute, dass sie wünschte, sie wäre tot, und dass sie sich vornahm, nicht mehr zu essen, damit sie stürbe.

In der Nacht setzte sich etwas in das Guckfensterchen und äugelte herein, das war eine Nachtigall, die hatte mit den anderen Vögeln den ganzen Tag nach Federweiß gesucht, und als sie jetzt das Mädchen liegen sah, flog sie davon und kam mit den drei weißen Rosen im Schnabel wieder, und mit ihr kamen alle die kleinen Vöglein herangeflogen und huschten zu Federweiß in die Kammer; davon wachte sie auf.

„Ach, ihr lieben Vöglein", sagte sie, „ich weiß, was ihr tun könntet; darum freue ich mich so sehr, dass ihr zu mir gekommen seid. Mir hat geträumt, Grünkittelchen wäre an dem königlichen Hof, und der König hätte ihn so lieb, dass er ihm gar nichts abschlagen könnte. Nun sind hier die drei Rosen: wenn ihr die nähmet und ihm brächtet, so würde er gewiss merken, dass es mir nicht gut geht, und dass er zu mir kommen soll."

Da drängte sich alles herzu, die Nachtigallen, die Grasmücken, die Rotschwänzchen, die Meisen, die Schwalben und was sonst noch da war. Sie nahm aber die Rosen und gab sie an die drei Schwalben, weil die am schnellsten fliegen können; die nahmen sie und strichen durch das Guckfensterchen davon, und alle anderen hinterdrein. Nun war Federweiß ganz getröstet und schlief die ganze übrige Nacht, dass ein Auge das andere nicht sah.

Fortan verging in dem öden Rosengarten ein Tag wie der andere. Jeden Morgen brachte die Alte Federweiß einen großen Korb Federn, die musste sie bis zu Abend schleißen.

Den Flaum nahm die Alte und schüttelte ihn im Garten aus; dann kam der Wind und wirbelte die Federflöckchen auf der Erde und in der Luft herum, die Alte aber und ihr Mann lagen oben zum Fenster heraus und sahen zu und hatten ihren Spaß daran. Die Kiele holte sich der Sohn, hackte sie klein wie Schrot, lud das in die Büchse und schoss es in die Luft: das blitzte und donnerte, dass der Wald krachte, und die weißen Körnchen prasselten aus der Luft in den Garten hinab. Daran hatte wieder der Bursche seine Lust. Alle Tage aber quälten sie das arme Mädchen mit ihren Fragen: ob sie die Fingerchen noch nicht wund und blutig genug hätte, dass sie endlich heiraten wollte. Sie konnten es gar nicht begreifen, dass sie immer so ruhig blieb, und sie dachten endlich, es müsse etwas Besonderes ihr zu Hilfe kommen, deshalb lauerten sie zuweilen drinnen vor der Tür und draußen unter dem Guckfensterchen, und manchmal überraschten sie das Mädchen des Nachts. Aber nie bemerkten sie etwas Verdächtiges.

Die Vögel waren unterdes weiter und weiter gegen Mittag geflogen, bis an den Hof des Königs; dort suchten sie Grünkittelchen und fanden ihn in seiner Stube sitzen, wie er Pfeile für seine Armbrust schnitzte. Die Schwalben strichen durch das Fenster herein und ließen die Rosen vor ihm auf den Tisch fallen, dann stürmten sie wieder hinaus, und wie Grünkittelchen ihnen nach an das Fenster ging, sah er auf den Bäumen und auf den Dächern alles voller Vögel, die schrien und pfiffen und taten ganz eifrig, als sie ihn erblickten.

„O weh", dachte Grünkittelchen, „nun weiß ich, was das bedeuten soll: Federweiß, mein herzallerliebster Schatz, ist in großer Gefahr, oder gar schon tot. Da darf ich nicht länger säumen."

Er nahm die Rosen, küsste sie unter bitteren Klagen und trug sie zum König.

„Herr König", sagte er, „die drei Rosen schickt mir meine Liebste aus großer Not, das merke ich daran, dass sie weiß sind, und dass alle Vöglein den Rosengarten, in dem sie wohnt, verlassen haben, um mir Botschaft zu tragen. So gebt mir denn Urlaub, dass ich sehe, wie es um meine liebe Federweiß steht."

„Ziehe hin, mein treuer Gesell", antwortete der König. „Und dass du jede Gefahr bestehen magst, will ich dir ein Geschenk auf den Weg geben."

Damit holte er einen Köcher voll goldener Pfeile, die blitzten wie die lichte Sonne.

„Hier, nimm das", sprach er. „Wie viele du ihrer auch verschießen magst, sie werden dir nimmer fehlen."

Da küsste ihm Grünkittelchen die Hand und zog seines Weges gen Mitternacht und alle die Vöglein aus dem Rosengarten mit ihm, die zwitscherten und trillerten, dass es kein lustigeres Wandern hätte geben können, wenn nur Grünkittelchen nicht das Herz so voll Angst und Sorge gehabt hätte.

Endlich, nach vielen Tagen, kamen sie in den Wald, in dem Grünkittelchen groß geworden war. Da hatten die Vögel keine Ruhe mehr bei ihm; jeder wollte zuerst bei Federweiß sein und ihr die frohe Nachricht bringen. Als Grünkittelchen das merkte, rief er den Schwalben zu, sie möchten noch ein wenig warten, und zog die drei roten Rosen hervor, die er sich aufgehoben hatte und die so frisch geblieben waren, wie sie einst vor der Tür gelegen, und als die Nachtigallen das sahen, warteten sie auch, um mit den Schwalben zu fliegen. „Bringt die an Federweiß, wenn sie noch lebt", sagte Grünkittelchen, „so wird sie merken, dass ich nahe bin."

Der böse Bursche stand gerade im Garten, da die Vögel ankamen, und wollte mit seinem weißen Schrot schießen. Er zielte auf den Schwarm und drückte los, aber er traf nichts, und nun flogen die Vögel mit Geschrei um seinen Kopf, dass er sich kaum zu helfen wusste. Indessen trugen die drei Schwalben die Rosen durch das Guckfensterchen und warfen sie mitten in die Federn und dann setzten sie sich auf den Wandsims und zwitscherten in ihrer Sprache: „Grünkittelchen kommt, Grünkittelchen ist da." Und es dauerte nicht lange, da flogen auch die Nachtigallen herein und schlugen so süß, dass Federweiß vor Seligkeit die Rosen an ihr Herz drückte und weinte.

Der Bursche im Garten hatte seine Büchse gerade noch einmal laden können, ehe Grünkittelchen durch die Rosenhecke kam. Jetzt sah er ihn und duckte sich, um ihn unversehens treffen zu können. Aber weil der ganze Garten kahl war, so sah ihn der junge Jäger schon von weitem.

„Auf, du Räuber und Verwüster!", rief er zornig, „wehre dich deines Lebens: denn einer von uns beiden muss das seine lassen."

Damit tat er einen der goldenen Pfeile in die Armbrust und drückte ab. Der Bursch wich aus und zielte auch, und die beiden Alten schrien dazu vom Fenster aus, er solle sich tapfer halten. Eine Weile schossen sie hin und her, die weißen Körner und die goldenen Pfeile flogen durcheinander, ohne dass jemand traf; endlich aber fuhr ein Pfeil dem Bösewicht mitten ins Herz, dass er tot hinfiel. Wie die Alten das sahen, stürzten sie sich zum Fenster herunter, da waren sie auch tot. Grünkittelchen hob einen nach dem anderen auf und trug sie zu einem tiefen Brunnen, der gar keinen Grund hatte, da warf er sie hinein.

„Hurra!", rief er, „nun ist meine herzallerliebste Federweiß erlöst!" Aber plötzlich fiel ihm ein, dass die Bösewichter sie am Ende könnten umgebracht haben. Er lief zu dem Haus und schrie laut ihren Namen. Da sah er das Guckfensterchen, um welches die Vögel flogen, und aus dem Guckfensterchen kamen weiße Federflöckchen, die Federweiß in die Höhe warf, ihm zum Zeichen, nun merkte er, dass sie noch lebte, und wo sie war. Mit Jauchzen stürmte er in das Haus; und so stark war er, dass er gleich mit den Händen das Schloss abriss und die Tür zerschlug. Jetzt hatten sie einander, und die Vöglein musizierten dazu, wie sie sich herzten und küssten. Endlich gingen sie Arm in Arm in den Garten, und Federweiß erzählte ihre Geschichte. Aber was sahen sie, wie sie in den Garten kamen! Überall blühten fünf Schritt im Umkreis, wo einer der Goldpfeile in der Erde stak, die Rosen wieder, und weil zufällig einer davon in die Quelle gefallen war, da war das Salz rings um ihn fünf Schritte weit vergangen. Nun waren sie erst froh! Grünkittelchen schoss überallhin Pfeile, bis alles blühte und grünte und der Quell so lustig plätscherte wie vordem. Die Vögel fingen gleich an, wieder Nesterchen zu bauen. Und Grünkittelchen und Federweiß wurden ein Paar und richteten sich ihr Haus so zierlich ein wie ein Vogelnestchen; darin vergaßen sie alles Leid, weil sie sich so lieb hatten.

Und wisst ihr was? Jeder, der will, kann sie zwischen Ostern und Pfingsten besuchen.

Der Rabenonkel

In einem mächtigen Gebirge regierte ein Zwergenkönig, der wollte gern heiraten. Er ließ also seinen Barbier kommen, der ihm den langen Bart stutzen musste, damit er jünger und hübscher aussehe, tat sein bestes Wams an, das mit Gold und Silber gestickt und mit edlen Steinen besetzt war, nahm seine Fledermauskappe auf das Haupt und befahl dem Stallmeister, ihm eine Maus zu satteln. Nachdem er hierauf seine Minister um sich versammelt hatte, übertrug er denselben die Regierung, schärfte ihnen auch noch besonders ein, dass sie die Steuern richtig einholen möchten; dann saß er auf, lüpfte zum Abschied die Kappe, gab seinem Tier die Sporen und ritt auf die Brautschau.

Er durchzog die unterirdischen Gänge seines Reiches, und überall, wo Zwerge wohnten, hielt er an; aber es wollte sich kein Mädchen finden, das ihm gefiel. Bei der einen war die Nase schlecht, bei der anderen der Mund nicht recht; die dritte hatte die Augen zu blass, die vierte war dick wie ein Bierfass; die fünfte war schwachmütig, die sechste zornwütig; die siebente plapperte wie ein Star, die achte aber schwieg ganz und gar - und so fand er an jeder etwas auszusetzen.

Endlich ritt er missmutig hinaus in das Tal; da war es Nacht und der Mond schien. Wie er nun an eine Talwiese kam, sah er ein kleines Zwergenfräulein im Mondlicht tanzen, und zwei alte Grillen saßen dabei und machten Musik. Sie tanzte ganz zierlich rechts und links, und ihr weißes Kleidchen schimmerte und ihr langes Haar flog im Zugwind. Und wie er leise von seinem Tier herabstieg und näher schlich, sah er, dass sie das schönste Fräulein war, welches sein Auge jemals erblickt hatte. Des wurde sein Herz fröhlich, und er trat auf sie zu. Aber kaum hatte das Fräulein ihn gesehen, so stieß sie einen Schrei aus, und plötzlich flog von dem Wipfel einer alten Tanne ein Rabe herunter, auf den setzte sich das Mädchen und er trug sie in die Luft, weit weg, hinter hohe schwarze Nadelbäume, bis sie nicht mehr zu sehen waren.

„Ach Gott, wer war das?", fragte der König die Grillen.

„Wir wissen es nicht", sagten diese. „Sie kommt immer im Mondschein tanzen und wir machen ihr Musik, weil sie so niedlich ist wie ein Elfenkind."

Die andere Nacht ritt der Zwergenkönig wieder auf die Wiese und wartete auf das Fräulein. Aber es kam nicht. Nur der Rabe saß wieder auf dem Tannenbaum und wie er den König erblickte, krächzte er und flog davon.

Als der König ein paar Nächte umsonst gekommen war, wurde er krank vor Betrübnis. Er lag beständig im Bett, trank wenig, aß so gut wie nichts, regierte nicht mehr und ließ niemand vor sich als seinen alten Kammerdiener. Durch den erfuhren die Minister, dass der König im Schlaf immer von einem Zwergenfräulein spreche; aber da sie nicht wüssten, welche er meinte, so konnten sie ihm nicht helfen. So kam denn bald das ganze Land in Aufregung, und die Zwergendamen nähten schon an schwarzen Kleidern und Tränentüchern wegen der zu erwartenden Landestrauer.

„Halt!", sagte eines Tages der erste Minister zu den anderen, „ich weiß wo uns vielleicht noch Hilfe blüht: wir müssen den Laubfrosch fragen." Der Laubfrosch aber war Hofprophet und saß in einem Wasserglas auf einer Leiter.

„Wir wollen ein Orakel", sprach der erste Minister, als sie vor das Glas kamen, „eines, was den König angeht."

„Gleich!", antwortete der Laubfrosch, stieg auf die oberste Leitersprosse, glotzte eine Weile über sich und prophezeite also:

> „Die am besten singt,
> Die am besten springt,

Die der Storch am liebsten traut,
Wird die junge Königsbraut.“

„Seht ihr?“, sprach der Minister, „das ist es; wenn wir die gefunden haben, wird der König gesund; denn wenn er stürbe, könnte sie nicht seine Braut werden.“

Das Zwergenfräulein aber, welches schuld an des Königs Krankheit war, wohnte bei ihrem Onkel, den hieß sie den Rabenonkel, denn er hatte sich den Raben gezähmt, der sie vor dem König entführt hatte. Er besaß auch eine Höhle, in die man nur durch Fliegen gelangen konnte, weil der Eingang hoch oben in einer glatten steilen Felswand sich befand, an der weder Strauch noch Kraut noch Blume wuchs. Da saß sie eines Tages und blickte über die Tannen hinunter auf die Wiese, wo sie sich nicht mehr zu tanzen getraute. Mit einem mal sah sie den Herold des Zwergenkönigs geritten kommen, der blies in seine Trompete und rief mit heller Stimme:

„Die am besten singt,
Die am besten springt,
Die der Storch am liebsten traut,
Wird die junge Königsbraut ...

und übermorgen, wenn der Mond kommt, wird hier auf der Wiese die erste Probe gemacht.“ Dann blies er noch einmal und ritt fort.

„Ich will Königsbraut werden“, sagte das Zwergenfräulein. „Es ist langweilig hier oben, und man kann nicht einmal mehr tanzen.“

Sie ging hinein zu ihrem Onkel, der klopfte Erz. „Rabenonkel“, sprach sie, „du musst machen, dass ich Königsbraut werde.“

„Warum nicht gar; kannst du denn regieren?“

„Das brauche ich nicht zu können:

> Die am besten singt,
> Die am besten springt,
> Die der Storch am liebsten traut,
> Wird die junge Königsbraut.

Ich habe es den Herold sagen hören, wie ich bei der Tür saß, und übermorgen ist Probe auf der Wiese.“

„Nun“, sagte der Rabenonkel, „Königsbraut zu werden ist ehrenvoll und eine anständige Versorgung, wir wollen sehen, was sich tun lässt.“

Da nahm er am nächsten Tag einen Korb, setzte sich auf den Raben und ritt hinunter in die Nüsse; und wenn er den Korb voll gepflückt hatte, so kam er zurück und schüttete die Nüsse auf einen Haufen in die Stube, bis diese ganz voll davon war. Die trug er tags darauf in der Gegend umher auf alle Wege, die nach der Wiese liefen. Wie nun die Zwergenfräulein zum Singen auszogen, sprachen sie: „Es hat Nüsse geregnet“, und aßen so viel davon als sie konnten. Aber ihre Kehlen wurden davon so rau wie Eselskehlen.

Darauf ging das Singen an, und der Musikmeister des Königs stand dabei und sollte das Urteil sprechen. Rings herum aber waren die Zweige der Bäume und Sträucher voll Getier, welches auch musikverständig war und zuhören wollte, zum Beispiel die Grillen, die Mücken, die Hummeln und viele Vögel. Nur die Nachtigallen waren nicht gekommen, denn sie waren zu eingebildet und sprachen: „Es wird doch nur ein Quark.“

Da hub das erste Fräulein zu singen an, das quiekte wie eine rostige Tür. „Göttlich“, sagte eine Mücke und lachte. „Wer hat je so einen Gesang vernommen?" Danach sang die zweite, die krähte wie ein junger Zinshahn.

„Watte her!", rief ein Fink und hielt sich die Ohren zu. „Es kratzt mir auf die Nerven!"

Und so ging es fort, und als die letzte fertig war, saß von den Tieren nur noch ein alter Zeisig da, der hatte es aushalten können, denn er war stocktaub. Aber der Musikmeister war am schlimmsten dran, denn er sollte nun sagen, welche am besten gesungen hätte, und sprach immer bloß: „Heilige Musica! Sie müssen verhext sein!"

Da kam der Rabe hinter den Tannen hervorgeflogen, und auf ihm saß das kleine Zwergenfräulein. „Ich will auch mitsingen", sagte sie.

Und sie sang so niedlich, wie eine Meise gezwitschert, dass der Musikmeister vor Vergnügen mit der Zunge schnalzte. „Es ist merkwürdig: sonst können andere besser singen, aber heute kann's nur die eine; und das ist die wahre, und ich werde sie notieren." Er fragte wie sie hieße; da sprach sie:

„Rabenfels Kleine
von dem hohen Steine"

Das schrieb er auf; das Fräulein verneigte sich vor den anderen, die ihr am liebsten die Augen ausgekratzt hätten, stieg auf den Raben und rauschte davon.

„In der folgenden Nacht sollte Springprobe sein.

„Rabenonkel", sagte das Fräulein, „wie mache ich's, dass ich am besten springe?"

„Du musst die Füße höher heben als die anderen", sagte der Rabenonkel und lachte. Er kochte aber den ganzen Tag Pech, tat es am Abend in die Butte und ritt damit aus. Es führte nämlich nur ein Steg auf die rings von einem Graben umgebene

Wiese, den schüttete er voller Pech, und als der Mond über den Berg stieg, kam ein Zwergenfräulein nach dem andern und trat herein. Aber es sagte keine der nächsten etwas, denn die anderen sollten auch Pech unter den Sohlen haben.

Sie sprangen und sprangen, und Zuschauer gab es auch: die Frösche, die Springkäfer und wer sonst am Springen Vergnügen fand. Der Tanzmeister des Königs aber hatte eine Elle in der Hand und maß ab, wie hoch jedes Zwergenfräulein sprang.

„Es ist schrecklich“, sprach er; „es lohnt nicht der Mühe aufzuschreiben, denn sie kommen kaum vom Boden los.“

„Tip top!“, sagten die Springkäfer und schlugen Purzelbäume und lachten; „sie hüpfen wie jungen Krähen, die aus dem Neste gefallen sind.“

Da hatte das Zwergenfräulein ein leichtes Springen, als sie der Rabe wieder auf die Wiese getragen hatte. Sie kam am allerhöchsten und wie der Tanzmeister um ihren Namen fragte, sagte sie wieder:

„Rabenfels Kleine
von dem hohen Steine“

Sie machte den zierlichsten Knicks und verschwand auf ihrem Raben in der Mondnacht.

„Rabenonkel, wen traut der Storch am liebsten?“, fragte sie des andern Tages den Onkel. Denn der Storch war der Zwergenpastor, und sein Nest saß dicht bei der Höhle auf einer alten Föhre.

„Das weiß ich nicht“, war die Antwort.

Unter der Föhre aber kam ein Fräulein nach dem anderen herbeigeschlichen und fragte: „Storch, wen traust du am liebsten?“

„Wer meinen Kleinen das beste Futter bringt“, antwortete der Storch. Als aber zuletzt immer mehr kamen und fragten, gab er keine Antworten mehr; denn er besaß viel Würde.

Nun waren sie aber so klug wie vorher, denn von den kleinen Störchen konnten sie nichts erfahren, weil die noch nicht sprechen konnten. Das kleine Zwergenfräulein aber hatte die Antwort des Storchs gehört und sagte dem Onkel Bescheid.

Da nahm der Rabenonkel einen Topf und flog ins Tal und als er wiederkam, hatte er Frösche, Schlangen, Regenwürmer und Kaulquappen darin. Dann passt er den Augenblick ab, wo der Storch vom Nest geflogen war und trug alles hinüber.

„Guten Tag, Kinder", sagte er zu den jungen Störchen, „da gibt's Schnabelweide." Er hielt ihnen eine Schlange hin, da rührten sie sich nicht; darauf einen Frosch, da sperrte der erste den Schnabel auf, dann einen Regenwurm, danach schnappten schon zwei. Wie er aber eine Kaulquappe brachte, fuhren alle drei zu, so schnell sie konnten. Da ritt er davon, schüttete den Topf leer und fing so viele Kaulquappen, wie er finden konnte. Es gab ihrer aber nur in einer Pfütze, und die war weit entfernt, wo das Gebirge ein Ende hatte.

Des Abends kamen die Zwergenfräulein alle unter dem Storchennest zusammen, und der Erste Minister führte sie an. Jede hatte etwas für die jungen Störche mitgebracht.

„Storch", fragte der Minister, „wen traust du am liebsten?"

Der rief hernieder: „Wer mit die Kaulquappen bringt."

Da sehen sie sich alle an, denn niemand hatte solche bei sich. Da rauschte es in der Luft, und das Fräulein kam auf dem Raben mit dem Topf voll Kaulquappen herunter und sprach: „Hier sind sie, und nun bin ich Königsbraut" - „Jawohl", sagte der Storch, „das sind welche."

Und der Musikmeister und der Tanzmeister nickten: „Das ist die richtige."

„Tusch blasen!", rief der Erste Minister; „die Königin ist gefunden und ich bin ihr erster Untertan." Damit kniete er nieder und küsste ihre Hand, und alsbald war ein Läufer abgeordnet, um dem Kammerdiener Bescheid zu sagen. Der fing an, dem König von der Sache zu erzählen, und kaum hatte der von der Rabenreiterin gehört, so sprang er auf und rief: „Ist sie gefunden?"

„Ja", sprach der alte Diener, „und sie will Königin werden."

Da war der Zwergenkönig plötzlich gesund, eilte auf die Wiese und küsste das Zwergenfräulein als seine Braut.

Acht Tage nachher war Trauung auf der Wiese, und der Storch klapperte die schönste Traurede von der Welt, dass alles gerührt war. Die Zwerge hatten kostbare Geschmeide als Geschenke zusammengebracht, und der Leibkoch des Königs hatte einen herrlichen Baumkuchen gebacken, den durfte er dicht hinter dem Königspaar hertragen lassen, als der Brautzug wieder in die Königsburg zog. Er war nicht wenig stolz darauf, und wenn der Küchenjunge, der ihn trug, daran leckte, so litt er es nicht, sondern gab ihm mit dem Löffel einen Klaps. Zunächst den Neuvermählten aber flog in der Luft der Rabenonkel auf seinem Raben, der war der Brautvater. So zog alles bei Fackelschein in die Burg, der Schließer schloss hinter ihnen ab, und drinnen wurde gegessen und getrunken bis an den frühen Morgen.

Das Jaköbchen und der Zuckertütenbaum

Das Jaköbchen wäre gewiss ein großer Taugenichts geworden, weil er so gern heimlich naschte, denn: junge Naschkatzen, alte Spitzbuben, heißt es. Aber da ist ihm noch zu rechter Zeit etwas Merkwürdiges passiert, nämlich die Geschichte mit dem Zuckertütenbaum, die ich erzählen will, und seitdem waren seine Unarten von ihm weggeschnitten wie Wasserreiser von einem Baum.

Das Jaköbchen war schon eine ganze Weile in der Dorfschule und hatte es jedes Mal, wenn wieder ein Schub kleine Buben und Mädchen in dieselbe aufgenommen wurden, erlebt, dass sie am ersten Schultag von dem Lehrer eine Zuckertüte bekamen, wie er sie vor Zeiten auch bekommen hatte. Und jedes Mal hatte er ihnen einen Teil davon abgeschwatzt oder wegstibitzt oder sie so lange geängstigt, bis sie ihm davon gegeben hatten. Aber er hatte niemals darüber nachgedacht, woher diese Zuckertüten eigentlich kamen. Endlich überlegte er sich das doch einmal, und als er mit Überlegen fertig war, sagte er zu einem Jungen so laut, dass es der Lehrer hören konnte: „Sepp, was für ein reicher Mann muss der Lehrer sein, dass er alle Jahre so viele Zuckertüten verschenken kann! Ich werde auch Lehrer!"

„Jaköbchen", sagte der Lehrer und lachte, „Lehrerbrot ist sauer Brot, besonders wenn es viele solche Schlingel in der Schule gibt, wie du einer bist. Und die Zuckertüten kaufe ich nicht, die kommen vom Zuckertütenbaum, der im Schulhof wächst."

„Wo denn da?", fragte Jaköbchen und machte große Augen.

„Das glaube ich wohl, dass du ihn noch nicht gesehen hast", war die Antwort. „Er wächst nur in zwei Nächten des Jahres und in einer einzigen Stunde bloß. Wenn die Stunde da ist, so nehme ich das Papier von einer alten Zuckertüte und das vergrabe ich in der Erde; dann wächst ein Stängel heraus, das wird der Baum, von dem ich die Tüten schüttle. Wenn auf dem Turm die Stunde ausschlägt, tut es einen Knall und fort ist alles. Mehr darf ich nicht davon sagen."

Jetzt war es um die Ruhe des Jaköbchens geschehen. Er dachte an nichts mehr als den Zuckertütenbaum. Ja, wenn er an den einmal kommen könnte! Was waren alle Birnen-, Äpfel- und Pflaumenbäume, selbst die Aprikosenbäume im Pfarrgarten gegen einen solchen Baum! Aber er wuchs nur in zwei Nächten, und die hatte der Lehrer nicht bezeichnet.

„Ich mache sie doch ausfindig, aber heimlich", sagte das Jaköbchen. „Kein Junge bekommt nachher etwas davon. Ich kann mir schon denken, dass es zwei Nächte um Ostern und um Michaelis sind, denn nach Ostern und nach Michaelis kommen die Neuen in die Schule und da werden die Tüten verteilt. Wenn es nur erst Ostern würde!"

Der Winter verging und Ostern kam. Die Leute buken die Osterkuchen und kochten die bunten Ostereier, wenn der Osterhase etwa keine legen sollte; und das Jaköbchen dachte: „In der Osternacht passe ich das erste Mal auf, und dann alle Nächte, bis die Schule anfängt. In einer davon sehe ich den Tütenbaum gewiss." Und als die Abendglocken am stillen Samstag ausgeläutet hatten, sagte der Junge zu seiner Mutter: „Die Muhme hat gesagt, ich soll diese Nacht bei ihr sein; das darf ich doch wohl?"

Die Mutter nickte, und das Jaköbchen ging.

Es war eine warme Frühjahrsnacht, und das Jaköbchen verbarg sich auf dem Kirchhof hinter einem großen Leichenstein, bis der Lehrer das Kirchhoftor geschlossen hatte und die Tür zum Schulhof auch. Dann kroch er auf einen alten Fliederbaum bei der Kirchhofsmauer, von dem konnte er über die Mauer in den Schulhof gelangen, das hatte er schon oft probiert. Aber heute saß er bloß mäuschenstill in dem Fliederbaum und wartete.

Eine Stunde nach der anderen verging und es geschah nichts. Es war dunkel und still, bloß die Sterne schienen und die Glocke brummte dann und wann im Turm. Endlich schlug es zwölf und bald darauf klapperte es an der Schulhaustür, und richtig – da kam der Lehrer heraus, in Schlafrock und Sammetkäppchen und mit einer Laterne. Er stellte die Laterne in den Hof, sah sich nach einem Spaten um und grub dann ein Loch. Hierauf nahm er ein buntes Papier aus der Tasche, das legte er in die Grube und schüttete die Erde darüber. Und nun stellte er sich mit dem Rücken gegen die Mauer und wartete.

„Jetzt kommt's", dachte das Jaköbchen und hielt den Atem an.

Da wuchs ein Stängel aus der Erde, blau wie blaues Zuckerhutpapier, der wurde größer und größer, und endlich ein Stamm. Aus dem Stamm brachen Äste und Zweige, aus den Zweigen Blattknospen, die sprangen auf und nun gab es Blätter – alles blau wie von blauem Zuckerhutpapier. Und dann kam die Hauptsache.

Zwischen den Blättern entstanden dicke Knospen; als sie aufbrachen, knackte es ein bisschen. Die Blüten, die herauswuchsen, glichen erst kleinen bunten Winden, bis sie allmählich so groß wurden wie ordentliche Zuckertüten. Sie waren von buntfarbigem Zuckertütenpapier. Aber wie die leuchteten! Ähnlich den bunten Papierlaternen, mit denen man illuminiert, nur viel viel heller. Sie wurden dann freilich wieder dunkel, nämlich nach und nach vom Stiel aus, wie Gläser in die roter Wein gegossen wird; das kam gewiss daher, dass vom Kelchboden aus das Zuckerwerk wuchs. Zuletzt faltete sich der Papierrand zusammen und die Tüten waren fertig.

Da stand der Zuckertütenbaum im dunklen Schulhof und glomm bloß noch ein wenig wie alte Weiden mit faulem Holze; und dem Jaköbchen auf dem Fliederbaum pochte das Herz, als ob es zerspringen wollte. So etwas hatte noch kein Junge gesehen, bloß er! Indem kam aber der Lehrer von der Mauer hinzu, nahm sein Käppchen ab und sprach:

„Lieber Zuckertütenbaum,
Gib mir ein paar Tüten,
Für die Knaben und Mägdelein,
Die ich nun soll hüten!“

Damit setzte er das Käppchen auf und schüttelte, und das Jaköbchen hörte die Tüten fallen und sah hernach, wie der Alte mit der Laterne sie zu einem Haufen zusammenlas.

Er holte dann einen Korb, tat die Tüten hinein, nahm noch einmal das Käppchen ab und sagte:

„Schöner Zuckertütenbaum,
Dank für deine Gaben:
Zehnmal von zehn Mägdelein,
Achtmal von acht Knaben.“

Und nun drehte er sich herum und ging in das Haus.

Das Jaköbchen wartete, bis im Schulhaus kein Licht mehr zu sehen war, dann stieg er über die Mauer; das war nicht schwer, denn gerade unter dem Fliederbaum gab es ein paar Löcher in derselben. Und nun schlich er bis an den wunderbaren Baum. So recht wohl war ihm doch nicht zumute, aber er sah immer auf die großen Tüten in den bläulich glimmenden Zweigen, die so schwer herunter hingen, und bekam wieder Herz. Was mochte da alles drin stecken!

Er fasst mit einem raschen Griff an den Stamm und schüttelte; aber mit einem mal ließ er los und wäre fast umgefallen, denn es gab einen Schlag durch seinen ganzen Körper, dass er ganz schwindlig wurde. Eine Tüte war nicht gefallen.

„Eh“, dachte das Jaköbchen, „ich muss gewiss erst den Spruch sagen.“ Und er fing an:

„Lieber Zuckertütenbaum,
Gib mir ein paar Tüten,
Für die Knaben und Mägdelein,
Die ich nun soll hüten!"

Darauf trat er mit aller Macht gegen den Stamm, dass die Zweige raschelten und die blauen Lichter durcheinander flimmerten. Diesmal erhielt er einen noch schlimmeren Schlag; es dauerte eine Weile, ehe er sich wieder recht besinnen konnte. Und noch immer war keine Tüte gefallen.

Jetzt wurde das Jaköbchen ärgerlich. „Ich weiß schon wie ich's mache", sagte er, ging an den Stall hinter und kam mit einer langen Stange zurück. „He", sprach er, wenn du schlägst, schlage ich wieder." Er nahm sich eine recht dicke Tüte aufs Korn, holte aus und schlug was er konnte. Er sah die Tüte herunterfliegen, aber zugleich brummte die Glocke vom Turm „eins", vor seinen Augen flog es wie ein Blitz auf, ein Knall – und das Jaköbchen wusste nichts mehr von sich.

Als der Junge aufwachte, war der Mond aufgegangen und er sah ein Stückchen hin die Tüte liegen. Von dem Baum war nichts mehr zu erblicken. Er erhob sich, nahm die Tüte und kletterte rasch über die Mauer, dann über das Kirchhofsgatter auf die Dorfstraße, und nun konnte er sich nicht mehr bezwingen: er musste die Tüte, die ihm gar nicht so dick mehr vorkam, öffnen. Wie er sie gegen den Mondschein hielt und hinein sah, guckte etwas Struppiges heraus. „O weh", sagte das Jaköbchen, „was ist das?" und damit schleuderte er die Tüte auf den Weg. Das struppige Ding in der Tüte bewegte sich und fing an zu wachsen …

Es wurde eine Rute, wie sie in der Schule hinter der schwarzen Tafel steckte. Der Junge lief was er laufen konnte, denn er ahnte nichts Gutes. „Heda", rief es hinter ihm her, „wart ein bisschen!", und ehe er sich dessen versah, war die Rute auf seinem Rücken und tanzte lustig darauf herum. Klipp klapp, ging das; und es tat ganz ordentlich weh! Das Jaköbchen konnte vor Schrecken nicht einmal schreien, sondern rannte nur immer vorwärts, dem Haus seiner Eltern zu. Erst als er von der Mauer in den Hof sprang, hörten die Schläge auf und die Rute war verschwunden.

Zum Glück bellten die Hunde nicht; sie waren gar nicht zu sehen. Ein Fenster stand offen, und durch das gelangte das Jaköbchen, ohne dass jemand etwas merkte, in seine Kammer. Er zog seine Kleider aus und legte sich zu Bett, und er nahm das Deckbett so hoch über das Gesicht wie möglich, denn es gruselte ihn.

„Gott sei Dank", dachte er, „wenigstens ist die Rute nicht mehr da."

Mit einem mal krabbelte etwas unter das Deckbett. „Rück ein bisschen", sagte es, „ich will noch Platz haben." Und das Jaköbchen fühlte, wie die struppige Rute ihn anrührte, und rückte soweit wie nur möglich an die Wand. Vor Angst lag er ein paar Stunden, ehe er einschlief.

Frühmorgens schlüpfte die Rute hinaus – er merkte nicht wohin. Er zog sich an und ging zu seiner Mutter. „Bist du denn nicht bei der Muhme gewesen?", fragte sie. „Nein", sagte das Jaköbchen, „ich bin gestern Abend wiedergekommen und zu Bett gegangen." Aber kaum hatte er das gesagt, so rappelte etwas hinten in seiner Rocktasche. „Das ist die Rute!", dachte das Jaköbchen, „die will dich für deine Lüge auszahlen!", und voller Angst gestand er der Mutter, was er die Nacht getrieben hatte. Die lachte ihn aus und meinte, er werde wohl geträumt haben, und als er sagte, die Rute wäre in seiner Rocktasche, da lachte sie erst recht. Gern hätte er sie ihr gezeigt, aber er getraute sich nicht, sie anzufassen.

Die beiden waren jetzt immer beieinander, das Jaköbchen und die Rute; nachts schlief sie bei ihm im Bett, und am Tag machte sie sich klein und wohnte in seiner Rocktasche, und wenn er irgend einen seiner alten Streiche oder sonst etwas Unrechtes begehen wollte, so fühlte er sie in der Tasche rappeln und hatte zu nichts mehr den Mut. Alle Welt war erfreut, wie das Jaköbchen jetzt verändert war; ihn selber aber wurmte die verlorene Freiheit und der Spott seiner alten Kumpane, und er sann, wie er sich der Rute entledigen könnte.

„Ich habe es!", sagte er eines Tages, nahm ein Stück Bindfaden und machte eine Schlinge daraus, die legte er ganz unversehens um den Rockflügel, in dem die Tasche mit der Rute war, und schnürte die Tasche ganz zu. „Gefangen!", schrie er, zog den Rock aus und freute sich, wie er es in der Tasche zappeln sah. „Wie du mir, so ich dir, jetzt sollst du einmal sehen wie es tut."

Er trug den Rock in den Holzstall, legte die Tasche auf den Klotz und fing an, mit dem Beil drauf zu schlagen. Zuerst bloß mit dem Rücken und dazu schrie er: „Windelweich! Windelweich!" Und endlich sagte er: „Nun will ich dir das Lebenslicht ausblasen." Er kehrte das Beil um, zerhackte die Stelle, wo die Rute saß, kreuz und quer, bis die Fetzen herumhingen und von der Rute die Stücken herausfielen. Er trieb dann den Tag über sein altes Wesen, und als er nach Hause kam, belog er seine Mutter und sagte, er wäre in die Dornen gefallen, davon wäre ihm der Rock ganz zerfetzt worden. Des Nachts streckte er sich behaglich im Bett, denn zum ersten Mal war die Rute nicht neben ihm.

Mitten in der Nacht wachte er auf, denn es pochte etwas an das Fenster. „He, Freundchen, aufgemacht!", rief eine dünne Stimme. Die Rute war es, die wieder gewachsen sein musste; er wagte nicht, ungehorsam gegen sie zu sein. Zitternd stand das

Jaköbchen auf und öffnete; wie der Wind fuhr sie herein, und der Junge bekam eine richtige Tracht aufgezählt. „So, jetzt bin ich müde", sagte die Rute, „und wir wollen wieder schlafen." Und sie krochen beide ins Bett.

„Ich bringe sie doch um", dachte Jaköbchen grimmig. Und nach ein paar Tagen hatte er wieder einen Plan fertig.

Er nahm eine noch festere Schlinge und eine Schere mit sich und ging an einen Weiher, von dem man nicht anders sagte als: er hätte gar keinen Grund, so tief wäre er. Da tat er, als ob er baden wollte, und zog den Rock aus; aber er badete nicht, sondern schnürte wieder die Tasche zu, dreimal herum, schnitt den ganzen Rockflügel ab und band einen großen Stein an das Schlingenende. Nun warf er alles zusammen in den Weiher, und es ging gleich unter.

„Jetzt habe ich es dir eingetränkt", lachte das Jaköbchen vergnügt und rieb sich die Hände. Aber das Jaköbchen hatte sich auch diesmal umsonst gefreut, denn des Nachts klopfte es wieder ans Fenster und begehrte Einlass. Und als der Junge das Bett über die Ohren zog und dachte: „Sieh, wie du herein kommst", fuhr es klirrend durch die Fensterscheibe; natürlich die Rute!

„Komm heraus!", rief sie.

„Ich will nicht", antwortete das Jaköbchen. Aber als die Rute böse wurde und ihm drohte, besann er sich und kroch heraus. Die Rute war ganz nass und das Wasser spritzte herum, als der Junge seine Schläge bekam. „Mich friert", sprach sie, als sie zu ihm ins Bett kroch, „es war so kalt im Wasser und du musst mich wärmen." Und das Jaköbchen fühlte die nassen Reiser an seinen Beinen. Aber er dachte doch: „Einmal probiere ich es noch; zum dritten Mal gilt alles. Das Wasser war das Richtige nicht; es hat gewiss einen Boden, und eine Rute ertrinkt nicht.

Feuer aber, das ist es, was sie nicht vertragen kann, und davon soll sie umkommen."

Und des anderen Tages gleich ging er zu einem Bäcker, der eben den Backofen heizte, und sah zu.

„Es brennt wie in der Hölle", sagte das Jaköbchen, „man muss den Rock ausziehen, sonst schwitzt man zu sehr."

Er hing den Rock auf ein Schüreisen und wartete, bis der Bäcker einmal hinaus gegangen war, dann nahm er das Schüreisen, schob rasch den Rock in die Glut, ließ den Schieber vor das Loch fallen und machte sich davon.

Als der Bäcker den Schieber wieder aufzog, flog ein glühendes Ding heraus mit einem langen Schwanz, dicht an seinem Gesicht vorbei, dass er schnell drei Kreuze schlug, weil er dachte, das müsse der Böse sein. Aber es war nur die Rute. Hui! Ging es hinter dem Jaköbchen, der eben in den Pfarrgarten steigen wollte, wo die Frühkirschen reif waren, und die Hiebe flogen auf seinem Rücken, dass die Funken herumstoben. „Au weh!", jammerte der Junge, „das brennt, das brennt!" – „Soll's auch", rief die Rute und schlug, bis er umfiel.

Er war nun krank und musste im Bett liegen und die Rute lag auch mit im Bett. Als er wieder gesund war, machte er keinen Versuch mehr, die Rute abzuschaffen. Er sah ein, dass ihm nichts von der Rute half und dass er brav werden müsse. Um seine alten Kameraden kümmerte er sich gar nicht mehr und wurde schließlich wirklich der beste und fleißigste Junge im Dorf. Wenn man ihn fragte, was ihn so verändert habe, so wurde er rot und schwieg, denn er schämte sich zu sagen, dass ihn die Rute dazu gebracht habe. Später aber hatte er seine Freude daran, dass er von allen angestaunt und gelobt wurde. Er wäre um die Welt nicht wieder der Alte geworden.

Der Sankt Michaeltag kam heran, und in der Nacht vorher konnte das Jaköbchen nicht einschlafen. Er musste immer und immer wieder an den Zuckertütenbaum denken; und er dachte, dass dies gewiss die zweite Nacht sei, in der er blühen würde, und hatte gar nicht Unrecht. Und diesmal sah er nun zwar nichts davon, aber dafür geschah ihm etwas anderes.

Gegen Mitternacht war es, da kroch die Rute neben ihm auf die Bettdecke heraus und sprach: „Leb wohl, Jaköbchen, denn unsere Kameradschaft hat heute ein Ende; du brauchst mir nur noch das Fenster zu öffnen."

„Ach", sagte der Junge, „sehe ich dich niemals wieder?"

Aber er bekam keine Antwort, und wie er das Fenster aufgeriegelt hatte, wischte die Rute hinaus.

„Schade", dachte das Jaköbchen, „sie war ein guter Kamerad und sie hat mir's nicht nachgetragen, dass ich sie dreimal habe umbringen wollen." Und er kam sich ordentlich einsam vor. Eben trat er vom Fenster weg und wollte es schließen, da fuhr etwas herein und fiel mit einem Klaps auf die Dielen. Der Junge erschrak und sprang auf die Seite. Als er Licht machte, sah er, dass es eine richtige Zuckertüte war; ein weißer Zettel klebte darauf, der zeigte die gedruckten Worte: „Für meinen guten Kameraden."

* * *

In einer Ecke des Schulhofes wuchs ein merkwürdiges Gesträuch. Niemand hatte erst acht darauf, aber es ging so schnell mit dem Wachsen, dass der Lehrer schon nach einem Jahr die Strafruten davon schnitt. Und als das Jaköbchen sich eines Tages die vielen Reiser besah, aus denen es aufgesprosst war, kamen die ihm so bekannt vor, und er hätte wetten mögen, dass es seine alte Rute sei, woraus der Strauch entstanden war.

Teerpitterchens Tochter

Fern im Norden, woher die hässliche Winterkälte stammt, die durch die dicksten Fausthandschuhe weht und alle Nasen und Ohren zwickt, dass sie rot und blau werden, da liegt die Ostsee. Sie besteht aus lauter Wasser, aber trinken kann man es nicht, denn es schmeckt salzig wie Heringe. Wenn du so auf dem gelben Ufersand stehst, den die See ausspült und der Wind zu Bergen aufweht, dann liegt es vor dir weit, weit – alles Wasser, wie in den blauen Himmel hineingemalt; höchstens, dass du ein fernes Schiff darauf erblickst mit braunen, teergetränkten Segeln. Von weitem her schießen die blitzenden Wogen auf dich los, aber es vergeht viel Zeit, ehe sie herangerauscht sind und zu deinen Füßen zischend auseinander stieben. Gar oft müssen sie Anlauf nehmen, und jedes Mal, wenn sie recht hoch gekommen sind, so schwitzen sie weißen Gischt vor Anstrengung, und dann lassen sie sich wieder fallen und ruhen einen Augenblick aus.

Es gibt auch kleine Jungen und Mädchen an der See, das sind meist Fischerskinder; und wenn die an den Strand gehen, so können sie Sandkuchen backen oder Muscheln und Bernsteinstückchen suchen, welche die See auswirft. In den Bernsteinstückchen sind manchmal tote Mücken und Fliegen, und die sind dann steinalt, viele tausend Jahre. Des Abends aber, wenn die Sterne sich im finsteren Wasser spiegeln und einander zunicken, dann sitzen die Fischer und erzählen sich die herrlichsten Märchen von der Welt: vom Heringskönig mit dem silbernen Mantel und der roten Weste, der aus Versehen seine Krone verschluckt hatte, von der Bernsteinhexe, die in jeder Neumondnacht dicke gelbe Bernsteintränen weint und die Leute, die sie trösten wollen, bei den Beinen in das Wasser zieht, vom Klabautermann und der versunkenen Stadt Julin.

Manchmal erzählen sie auch vom kleinen Teerpitterchen, das die Wolken macht. Man wird gar nicht müde zuzuhören.

Der kleine Wilm hatte auch einen Vater, der Fischer war. Der stand in der Nacht auf und ging in hohen Transtiefeln zum Strand hinunter, wo sein Boot lag, und dann fuhr er damit in das Meer hinein und fing Heringe, Flundern und Steinbutten. Am Tag aber nahm die Mutter den kleinen Wilm mit an den Strand; sie strickte Strümpfe, und der Junge spielte, bis er müde war, dann legte sie ihn in das Boot auf ein Segeltuch, dass er schliefe. Da streichelte der Sonnenschein sein rotes Gesichtchen und der Wind blies in seine gelben Haare.

Wie er einmal so lag, sah er im Schlaf etwas Sonderbares, nämlich ein kleines Männchen, das war das Teerpitterchen. Es hatte Kleider aus dick geteertem Segeltuch an, dazu ein Paar hohe Stiefel, und auf dem Kopf eine Kappe. Das merkwürdigste aber waren seine Haare und sein Bart, die waren grünes Seegras. Es saß auf einem Stück Segeltuch, das auf den Wellen schwamm; einen Zipfel hatte es an einem Faden wie ein Segel vor sich und blies hinein, dass seine Backen so dick waren wie zwei Apfelsinen.

„Guten Tag, kleiner Wilm", sagte das Teerpitterchen und hielt bei dem Boot an, in dem der kleine Wilm lag. „Du kannst ein bisschen mitkommen zu meiner Anning; sie ist eine lustige kleine Dirn."

„Ich kann ja nicht fort, weil ich schlafe", antwortete Wilm.

„Das schadet nichts, deine Seele kann immer fort; das geht ganz leicht", sprach das Teerpitterchen.

„Aber wenn meine Mutter mich wecken will, dann kann ich nicht aufwachen."

„O, wenn sie das will, trage ich dich so rasch wieder her, wie man Amen sagt. Sie soll gar nichts merken."

„Wenn sie nur nichts merkt", sprach der kleine Wilm nachdenklich, und da sah er schon, dass er neben dem Teerpitterchen auf dem Segeltuch stand.

„Grüß Klein-Anning von mir", sagte eine Stimme, und wie er sich umwandte, war es die Segelstange auf seines Vaters Boot, die hatte das Segel umgeschlagen wie ein Plaid und machte tiefe Verneigungen; und das Boot hatte ein Gesicht bekommen und blinzelte ihm lustig zu und sagte auch: „Grüß Klein-Anning von mir", und dabei wippte das Boot immer auf und nieder. Im Boot sah er sich selber schlafen; das kam ihm sehr spaßhaft vor. Wie er sich aber nach seiner Mutter umschaute, dünkte es ihm, als seien ihre Augen auf ihn gerichtet, und da wurde er ängstlich und rief: „Sie sieht mich schon, sie sieht mich schon."

„Träterätä", sagte das Teerpitterchen, „eine Seele kann man nicht sehen, und jetzt geht die Fahrt ab." Darauf hob er den Zipfel und blies, dass seine Backen so groß wurden wie Jahrmarktballons, und wenn er einmal vorbei blies in das Wasser, so flog ein weißer Nebel auf und stieg in die Luft; das war dann eine Wolke.

Wie sie ein Stück gefahren waren, hielt das Fahrzeug an, und das Teerpitterchen pfiff auf zwei Fingern. Da kamen zwei Seehunde, die waren gesattelt und gezäumt und wedelten mit den Hinterfüßen, denn einen Schwanz hatten sie nicht. „Steig auf, kleiner Wilm", sprach das Teerpitterchen, und schon saß er im Sattel und hing sich das Segeltuch wie einen Reitermantel um. Rutsch! Da fuhren sie durch das grüne Wasser. Es glänzte wie Glas, und der kleine Wilm konnte sich gar nicht genug verwundern, dass er gar nicht nass wurde. Er wusste nicht, dass eine Seele niemals nass wird. Endlich ritten sie in einen hellen Glanz hinein, der alles Wasser goldig färbte und nun hielten sie vor Teerpitterchens Haus, das so leuchtete, weil es aus lauter

Bernstein gebaut war; das Dach aber war obendrein mit Perlmutter belegt.

„Brrr!", sagte das Teerpitterchen, und da stand auch schon ein alter Hummerkrebs, nahm in jede Schere einen Zügel und wartete, bis die zwei abgestiegen waren. Dann führte er die Seehunde fort in den Stall. Das Männlein aber rief einen alten Kinderspruch:

> „Anning, min Anning,
> Wat heww ik ‚n Gör!
> Kann tanzen un speelen
> As Müs‘ op de Deelen;
> Anning, min Anning,
> Wat hew ik ‘n Gör!"

"Da bin ich schon", sagte Klein-Anning und stand mit einem mal bei ihnen. Sie war ein süßes kleines Ding und hatte keine garstigen Seegrashaare wie ihr Vater, sondern gerade solch einen Flachskopf wie die Anna, das Nachbarskind, mit dem der Wilm Muscheln suchte und Sandkuchen buk. Das schönste aber war ihr Kleid, denn es war mit lauter Fischschuppen benäht.

„Jetzt wird's lustig", nickte sie und fasste Wilm bei den Händen; ich bin froh, dass du gekommen bist, denn du musst wissen, dass ich heute Geburtstag habe. Mit den dummen Fischen ist gar nichts anzufangen; sie sprechen kein Wort und lassen sich alles gefallen. Ich mag keinen leiden, der sich alles gefallen lässt. Kannst du dich mit mir zanken?"

„Ja, warum nicht?", sagte Wilm.

„Aber nicht gleich. Das muss erst zuletzt kommen. Jetzt darfst du ein Stück Geburtstagskuchen essen." Und sie zog ein Stück aus der Tasche, das aß Wilm und es schmeckte wie lauter

Fruchtbonbon. „So, nun komm mit." Damit zog sie ihn auf eine hübsche kleine Seegraswiese, um die lauter hohe Wasserpflanzen wuchsen, wie Büsche so hoch. Einige davon waren fast durchsichtig, grün oder rot gefärbt, die sahen am niedlichsten aus. Fische schossen hindurch, große und kleine, rund und platt aber auch schlank und dünne wie die Rohrstöckchen. Alle hatten runde Glotzaugen, und bei einigen standen die Augen gar auf Hörnern, die sie überall hindrehen konnten.

„Wir wollen tanzen. Du kannst doch tanzen?", fragte Klein-Anning.

„Ein bisschen", antwortete Wilm.

„Ich will dir zeigen, wie man es machen muss", sprach sie und schlang ihre Ärmchen um Wilm. Und nun ging das in die Höhe, und immer auf und nieder im Wasser, und es war Wilm, als wäre er eine Mücke und tanzte auf und ab unter seines Vaters Apfelbaum. Die Fische schwammen herzu und sahen sich die Sache von weitem an; sie hätten gewiss gern mitgetanzt, aber sie wagten es wohl nicht vor lauter Respekt, denn es hatte sie niemand dazu aufgefordert. Klein-Anning aber jauchzte und drehte Wilm im Kreis herum, dass ihm Hören und Sehen verging. „Plumps", sagte sie dann und ließ ihn fallen. Da lag er im Gras und zog ein verdrießliches Gesicht und sie lachte.

„Du bist dumm", sagte der kleine Wilm.

„Höre du!", meinte sie warnend, „jetzt darfst du noch nicht zanken. Wir haben ja erst angefangen zu spielen. Ich will dir einmal etwas in das Ohr sagen." Und sie setzte sich zum ihm in das Gras und sprach in sein Ohr: „Wir gehen jetzt spazieren und besuchen unser Schloss."

„Das wird ein schönes Ding sein."

„Ja wohl ist es schön; aber du darfst dich nicht fürchten vor den Tieren unterwegs."

„Ich fürchte mich gar nicht."

Da fasste sie seine Hand, und nun ging es durch die Wasserpflanzen hin, und dann auf dem Meeresboden weiter, und die Fische zogen in hellen Haufen hinterher. Bei ihren Füßen kribbelten und krabbelten große Würmer, Krebse und Seespinnen, dass der kleine Wilm immer glaubte, er müsse eines tot treten; aber er fürchtete sich wirklich gar nicht. Die Muscheln öffneten die Schalen und machten „klipp, klapp" wie die Dreschflegel auf der Tenne. Helle Bernsteinstücke lagen umher, manche so groß wie die Backsteine. Alle Fische aber, die herbeigeschwommen kamen, schlossen sich hinten dem Zug an; die meisten davon waren Heringe.

Zuletzt kamen sie wieder in einen Wald von durchsichtigen Wasserbüschen; alles um sie herum schimmerte im herrlichen Grün und die Spitzen der Büsche wedelten hin und her wie Fahnen. Mitten drin aber lag ein schwarzer alter Holzbau, das war ein versunkenes Schiff. Es sah recht trübselig aus. Stücke von den Masten waren umhergestreut und die Bretter klafften überall, daran saßen Muscheln und Wassermoos. Zu den Fenstern aber schlüpften die Fische ein und aus. Ein Brett war weiß, daran standen Buchstaben, die niemand mehr lesen konnte, so verwischt waren sie. Es war ein recht verwittertes altes Schiff.

„Hier ist unser Schloss", sagte Klein-Anning.

„Das ist zu schlecht", antwortete Wilm, „das ist gar kein Schloss; da hinein gehe ich nicht."

„Warte nur, ich will es neu anstreichen", meinte Klein-Anning. Sie hob eine Muschel auf und strich über das Holz, und mit einem mal glänzte das ganze Holz wie lauter Perlmutter. „So, nun wollen wir hineinsteigen. Du bist der Prinz und ich bin die Prinzessin und wir werden Hochzeit halten."

„Wenn du Hochzeit halten willst, musst du einen Kranz haben; ohne Kranz kann ich dich nicht heiraten", sagte Wilm.

„Das ist schade", meinte Klein-Anning und sah sich um; endlich bückte sie sich und zog ein paar grüne Ranken herauf, die unter dem Schiff vorwuchsen; die schlang sie sich durch das Haar um den Kopf. „Ist das nun gut?", fragte sie.

„Nein, es müssen Blumen darin sein."

„Ich will aber keine Blumen!", rief sie zornig und machte so böse große Augen, dass dem Wilm ganz ängstlich wurde. Aber sie war gleich wieder vergnügt und umfasste ihn, und wie der Blitz fuhren sie aufwärts und standen schon auf dem Verdeck des Schiffes. Sie kletterten die Schiffstreppe hinab und kamen in eine weiten Saal, in dem sich noch Tische und Stühle befanden. Der Saal war ganz mit Muscheln tapeziert, und auf den Stühlen wuchsen kleine grüne Wasserpflänzchen, dass sie wie mit grünem Plüsch überzogen aussahen.

„Komm", sagte Klein-Anning, „wir wollen erst den Musikanten holen."

„Sie zog Wilm in eine Tür hinein, in ein finsteres Kämmerchen. Da lagt ein Mann und rührte sich nicht; aber wie Klein-Anning ihn anfasste, machte er die Augen auf.

„Guten Tag, kleiner Wilm", sagte er.

„Wer bist du denn?", fragte Wilm.

„Kennst du mich nicht? Ich bin ja dein Onkel, der immer mit dem Schiff gefahren ist, nach Amerika und noch weiter. Lebt denn der Kakadu noch, den ich euch mitgebracht habe? Puh, es ist so nass hier unten. Ich weiß nicht, wie viel Wasser ich schon geschluckt habe, seit ich hier auf dem Schiff untergegangen bin, aber es muss sehr viel sein."

„Du sollst uns geigen", sprach Klein-Anning ungeduldig, „du musst wissen, dass wir Brautleute sind, er ist ein Prinz und ich bin eine Prinzessin."

Wilm war nachdenklich geworden und sagte: „Ich möchte lieber nach Hause. Meine Mutter wird kommen und mich wecken wollen. Kannst du meine Mutter nicht sehen, Prinzessin?“

„O ja, Prinz“, antwortete Klein-Anning und legte die Hand über die Augen. „Sie sitzt an der See und strickt an einem Strumpf.“

Da gab sich Wilm zufrieden, und sie gingen beide in den Saal; der Mann hatte eine Geige genommen und kam hinterher.

Die Fische guckten zu den Fenstern herein, denn sie sind immer sehr neugierig. „Ihr dürft nicht herein“, rief Klein-Anning; „bloß zusehen dürft ihr. Ihr seid zu viele. Bloß die Heringe können kommen.“ Und die Heringe kamen denn auch, immer mehr und mehr, und stellen sich auf die Schwänze und knicksten, und dazu schnappten sie immer mit den Mäulern, als ob sie etwas sagen wollten, aber es kam nichts heraus außer Luftblasen. Klein-Anning nickte dem Spielmann zu, und da fing der an zu geigen, und nun nickte auch Wilm, denn er kannte das Lied, und es war sehr schön, bloß ein bisschen traurig. Dann kam die Trauung.

Wilm fasste Klein-Anning bei der Hand, und der Onkel legte seine Hand auch dazu und sagte: „Mama katalama itzehuatiputzli; habt ihr es verstanden?“

„Ja“, sprach Klein-Anning, und da sagte auch Wilm „ja“; und die Heringe klappten die Mäuler auf und zu, als wollten sie ebenfalls „ja“ sagen. Es war sehr feierlich anzusehen.

„Schön“, meinte der Onkel; „jetzt gebt euch einen Kuss, dann ist alles in Ordnung und wir können tanzen.“

Sie gaben sich wirklich einen Kuss, und Klein-Anning biss Wilm dabei in die Lippen und lachte ihn dann aus. Nun kamen alle Heringe und gratulierten; man konnte es daran sehen, dass sie die Augen verdrehten, indem sie vorbeispazierten, und dass sie noch mehr schnappten als vorher.

Wilm aber wurde mit einem mal wieder unruhig. „Prinzessin", sprach er, „du kannst mir noch einmal sagen, was meine Mutter macht."

„Ja, mein Prinz", antwortete Klein-Anning und legte wieder die Hand über die Augen. „Sie nimmt eben eine Masche auf."

„Dann habe ich noch Zeit", sagte Wilm. Sie setzten sich auf die beiden größten Stühle, und der Onkel mit der Geige stieg auf einen Tisch und fing an so lustig zu geigen, dass jedem das Herz im Leib lachen musste. Die Heringe aber fassten sich mit den Flossen an und tanzten, dass der ganze Saal blitzte. Und am Ende fing der Onkel auch an auf seinem Tisch herumzuspringen, und Klein-Anning jauchzte dazwischen und zappelte mit den Füßchen, und die Tische und Stühle hoben auch die Beine und sprangen umher; sogar die beiden großen Stühle, auf denen die Neuvermählten saßen, so dass Wilm sich festhalten musste, damit er nicht hinunter rutschte.

Zuletzt hörte der Onkel auf, da war mit einem Mal alles ruhig.

Der kleine Wilm aber machte zum dritten Mal ein ängstliches Gesicht und fragte zum dritten Mal: „Prinzessin, was macht meine Mutter?"

„Ei, sie steht und wickelt den Strumpf zusammen."

„Bring mich hin", rief Wilm und sprang vom Stuhl, „jetzt kommt sie gleich an das Boot und will mich mitnehmen."

„Du sollst hier bleiben", sagte Klein-Anning. „Ich lasse dich nicht fort."

„Ich will aber fort, du dumme Dirn." Sie wollte seine Hand fassen, aber er riss sich los. Da stampfte sie mit den Füßen: alle Fische, die draußen gewesen, kamen herein und schwammen mit offenen Mäulern auf ihn los, und die grünen, durchsichtigen Wasserpflanzen wuchsen durch die Fenster und wurden dichter und dichter, soviel auch der kleine Wilm von ihnen zerriss. Er sah schon Klein-Anning nicht mehr, aber er hörte sie neben sich kichern, und der Onkel musste wieder seine Geige genommen haben und lustig darauf herumkratzen.

Mit einem Mal gab es einen Knack, dass das ganze Schiff zitterte. Die Decke spaltete sich, und der kleine Wilm fuhr nach oben, hinaus in das klare Wasser. Über dem Wasser aber schwebte eine große Möwe, die schrie „Krieh! Krieh!" Und als der kleine Wilm auftauchte, fasste sie ihn mit den Krallen und trug ihn in das Boot. Da war es nicht mehr der Vogel, sondern das Teerpitterchen, was bei ihm war.

„Adieu, kleiner Wilm", sagte es und nickte ihm freundlich zu; dann war es verschwunden.

Da fühlte Wilm auch schon, dass ihn seine Mutter am Ärmel zupfte und schlug die Augen auf. Die Sonne schien heiß in das Boot; am Himmel aber standen ein paar finstere Regenwolken.

„Hast du was gemerkt, Mutting?", fragte er und blinzelte schlau zu ihr hinauf.

„Was soll ich denn gemerkt haben? Komm rasch mit nach Hause, sonst werden wir tüchtig nass werden."

Prahlhans

„Pü – ip!", sagte es gravitätisch und mit Nachdruck in dem Fliederbusch. Das bedeutet in der Sperlingssprache so viel wie: Heda!

Der Fliederbusch stand nicht weit vom Haus an dem Gartenzaun aus Weißdorn, der gehörte noch mit in den Garten, und in was für einen! Keinen den man gleich durch und durch sehen kann, weil drinnen nichts als Blumen und Buchsbaum stehen, worauf die Sonne brennt, und allenfalls ein paar Rosenbäumchen, die eine Art dünnen Schatten werfen; sondern einen voller Gebüsch, durch das Spatzen und Grasmücken und auch wohl eine Amsel schlüpften und worin sich Versteckens spielen ließ. Im Herbst raschelte es darin von Rotkehlchen und Zaunkönigen.

„Pü – ip!", sagte es noch einmal in den Fliederbuschblättern. Aber niemand wollte antworten. Es war heißes Wetter und um die Kaffeezeit, wo das meiste Volk schläft, bloß die Schmetterlinge und Fliegen nicht, besonders die hübschen grünen und die blauen Brummfliegen.

Der dicke Spatz, der in dem Busch saß, schüttelte ein bisschen ungeduldig die Federn, da bekam er eine Antwort: „Was gibt's denn, Herr Amerikaner?"

Die Antwort kam von einem Goldregenbaum, darauf saß eine Spatzendame mit zwei Jungen, die eben ihre Gelbschnäbel unter den Flügeln hervorzogen.

„Pü – ip!", schrie der Dicke noch einmal so laut er konnte. „Das werden Sie gleich erfahren, Frau Stutzschwanz. Ich will erst noch ein paar andere einladen."

Seitwärts im Gebüsch raschelte es darauf und es kamen noch vier Spatzenköpfe zum Vorschein, die „Bip!" machten, das bedeutet „Hier!"

„Ich lade Sie mit Namen ein, Herr Kirschbeißer, Herr Bartpieper samt Ihren Frauen, und Sie, Frau Nachbarin mit ihren Kindern. Herr Stutzschwanz scheint sich leider auf Reisen zu befinden."

„Er ist in die jungen Schoten geflogen."

„Einerlei", sprach der Amerikaner, „man muss sich gebildet ausdrücken und Reisen ist das Gebildetste was es gibt. Ich muss es wissen, denn ich bin so ziemlich in allen Weltteilen gewesen, und es ist dumm, dass man mich Amerikaner nennt, weil ich die erste Zeit bloß von Amerika erzählt habe."

Und der dicke Amerikaner reckte den Schnabel nachdenklich in die Luft und blies die Federn auf. Er war ein schrecklicher Prahlhans, das will ich nur gleich sagen, und sprach fast kein wahres Wort. Außerdem war er, nach seinen Latschfüßen mit den langen Krallen zu urteilen, schon ziemlich alt.

„Wozu sind wir denn geladen?", fragte Herr Bartpieper von weitem.

„Ja so! Nun – ich habe eine Überraschung vorbereitet. Ich werde eine Fete geben, aber eine extrafeine, wie ich das gewohnt bin. Ich habe für sie zwei Kuchen backen lassen, einen langen und einen runden, und ich habe Befehl gegeben, dass gehörig Rosinen hinein getan werden. Und dort sehen Sie die Bescherung."

Er machte die Augen halb zu und nickte ein wenig nach dem Haus hin. Und wirklich stand dort beim Haus ein Tisch und ein Stuhl davor; der Tisch war mit einem weißen Tuch überdeckt, das bis auf den Boden reichte, und darauf befanden sich die beiden Kuchen. Sie dampften noch etwas; der platte Kuchen lag sogar noch auf dem Kuchenbrett. Aber wie herrlich braun sie waren! Und die schwarzen Rosinen konnte man auf zehn Schritte Entfernung erkennen.

Natürlich war alles erlogen, was der Amerikaner von seiner Fete sagte; der kleine Robert, der ihm Hause wohnte, hatte Geburtstag, und der sollte die Kuchen essen, wenn sie ausgekühlt wären, und all die Jungen dazu, die er zum Kaffee geladen hatte. Auch glaubte ihm niemand, ausgenommen die beiden kleinen Stutzschwänze, die immer Hunger hatten; sie rissen ihre gelben Schnäbel auf und klappten die Flügel auf und nieder.

„Herr Amerikaner", sagte Kirschbeißer, „Sie sind sehr gütig; wovon Sie die Kuchen bezahlt haben wollen, weiß ich freilich nicht, geht mich auch nichts an. Aber wenn wir sie gleich hier bei uns hätten, wäre mir das lieber. Sie haben da an einem gefährlichen Platz decken lassen."

„Wieso?", fragte stolz der Amerikaner. „Erstens, wenn man in Amerika gewesen ist, so ist man berühmt, und berühmte Leute bekommen viel umsonst. Und wieso gefährlich?"

„Beim Haus dort gibt es zuweilen ein gewisses Tier, das Peter heißt und ein Kater ist; ich dächte, er hätte Sie neulich schon beinahe beim Kragen gehabt."

„Im Gegenteil, ich hatte ihn beinahe am Kragen, Herr Kirschbeißer", antwortete der Prahlhans. „Wer in Amerika gewesen ist, zwischen den Schlangen und Ungeheuern aller Art, dem kommt niemand an den Kragen, darauf verlassen Sie sich. Übrigens können Sie sich beruhigen, meine werten Gäste, ich habe diesen Kater in Ketten legen lassen; er befindet sich im Keller und wird Sie nicht inkommodieren. Ich sehe schon, dass ich den Anfang machen muss, damit Sie Mut bekommen." Damit flog er zum Tisch hin und setzte sich an den Rand des Kuchenbrettes, gerade über den Stuhl.

„Sollen wir?", fragte Kirschbeißer.

„Wollen wir?", fragte Bartpieper.

„Warum nicht?", antworteten die Sperlingsdamen, und damit flog die ganze Sippschaft zum Schmaus.

Die Fliegen schnurrten auf, die über dem Zucker gesessen hatten, bloß ein paar Wespen hielten stand; sie sind Kavaliere und fürchten sich nicht, denn sie haben ihren Degen bei sich.

„Herrlicher Kuchen, nicht so?", sprach der Amerikaner. „Ich habe das Ganze sehr amüsant aufstellen lassen. Der lange Kuchen, das ist der gepflasterte Hof, und die Rosinen sind die Pflastersteine. Man geht bloß so darauf spazieren und reißt sie heraus, je nachdem man Appetit hat. Und der runde Kuchen dort ist das Haus auf dem Hof. Man fliegt hinauf und kann es rundum abknabbern; außerdem genießt man eine schöne Aussicht. Man kann sogar in die Mitte hinein fliegen und ein Nest hineinbauen; in Amerika gibt es gar keine anderen Häuser. Es ist sozusagen eine Kuchenlandschaft, alles meine Erfindung!"

Die beiden kleinen Stutzschwänze saßen auf dem Tisch und ließen sich gemächlich von der Mama füttern. Bartpieper und Kirschbeißer sahen sich erst eine Weile scheu um und hießen ihre Frauen vorsichtshalber auf den Napfkuchen fliegen, wo sie sicherer wären; alsdann begannen sie mit Appetit auf die Rosinen loszuarbeiten.

„Langen Sie nur zu", fuhr der Amerikaner fort, indem er ruhig sitzen blieb und nach allen Seiten schielte; „es freut den Wirt, wenn es den Gästen schmeckt."

„Warum essen Sie denn gar nichts?", fragte ihn Frau Bartpieper vom Gipfel des Napfkuchens herunter.

„Ich merke, dass ich zu viel gekostet habe, als der Kuchen eingemacht wurde. Ich habe lange probieren müssen, ehe ich der Köchin sagen konnte, dass alles gut sei. Erst wollte der Teig nicht süß genug werden, und dann hatte sie schlechte Rosinen genommen. Im Umsehen hat man den Magen gefüllt. Es ist mir lieber, wenn ich Sie ein bisschen unterhalten kann."

„Sie lügen wie gedruckt", sprach Herr Bartpieper ärgerlich. „Ich bin kein solcher Narr, Ihnen zu glauben, dass der Kuchen wirklich von Ihnen herrührte. Ich esse so viel ich will, einerlei wem er gehört. Sie sind auch niemals in Amerika gewesen."

„Davon wissen Sie einen Pfiff", sagte der Amerikaner verächtlich. „Ich hätte Sie gar nicht einladen sollen, denn Sie sind ausnehmend unverschämt. Woher soll ich denn meine Geschichten wissen?"

„Die haben Sie irgendwo gehört, wahrscheinlich von den Schulkindern, die in den Büchern lesen."

„Mit Ihnen rede ich nicht, aber den Damen versichere ich auf Ehre: alles selbst erlebt!", beteuerte der Amerikaner. „Ich habe mich auf einen Schiffsmast gesetzt und mich hinüberfahren lassen. Es kann nichts Unterhaltenderes geben, als auf einem Schiff zu fahren. Es gibt ganze Fässer voll Zwieback darauf, und man bekommt davon so viel wie man will.“

„Jetzt klappt endlich die Schnäbel zu“, schrie Frau Stutzschwanz ihre Jungen an. „Man hat nichts zu tun als immer nur hinein zu stopfen. Wenn die Kinder nur erst größer wären! Wahrhaftig, man wird selber ganz mager dabei.“

„Beruhigen Sie sich, Frau Nachbarin“, meinte der Amerikaner. „Ihr Schicksal ist das schlimmste noch nicht. In Afrika war ich mit einer Störchin verheiratet – Sie mögen mir’s glauben oder nicht – der ihr Mann gestorben war und die zwölf lebendige Junge hatte. Sie saßen im Nest und wollten Futter haben, jedes zwölf Klapperschlangen auf den Tag, die Frösche und anderes Ungeziefer gar nicht zu zählen. Vier Wochen fraßen sie, und ich war es, der sie füttern musste. Sie können sich denken, was ich dabei ausgestanden habe.“

„Sie sind ein Prahlhans erster Größe“, sprach Kirschbeißer entrüstet, und ließ eine Rosine fallen, die er eben herausgezogen hatte. „Sie brauchen den Frauen ihren Unsinn nicht vorzureden, es glaubt Ihnen doch niemand.“

„Schweigen Sie nur“, antwortete der Dicke ruhig. „Sie sind einfach neidisch auf mich, und ich kann Ihnen das nicht verdenken. Ich wollte, ich wäre im Ausland geblieben, statt dass ich hier Ihre Grobheiten anhören muss.“

„Schilp! – hört Ihr nichts?“, fragte ängstlich Frau Bartpieper. „Mir ist, als ob es am Tisch da unten raschelte.“

Es saß wirklich jemand unter dem Tisch, und zwar kein anderer als Peter, der Kater. Er machte ein paar gierige Katzenaugen, grüne Katzenaugen mit einem kleinen schwarzen Spalt darin, und rieb den Schwanz am Tischbein vor Vergnügen über den Fang, den er zu machen gedachte.

„Nicht dran zu denken, werteste Frau Bartpieper", beteuerte oben der Amerikaner, lupfte aber vorsichtshalber ein paarmal die Flügel. „Erstens sind alle Anstalten von mir so getroffen, dass gar nichts passieren kann, und zweitens ist mit der Zeit mein Gehör so geschärft worden, dass ich eine Ameise unterm Tisch würde husten hören. Was meinen Sie: auf meinen Reisen lernte ich einen tauben alten Specht kennen, der mir ewige Freundschaft schwor. Hatte der an einem Ast gehämmert, so musste ich für ihn horchen, ob Holzmaden darin wären, und ich brachte es dahin, genau zu hören, wie viel darin herumliefen, und ob sie fett oder mager waren. Aber ich sehe, dass Sie mir wieder nicht glauben, sonst würden Sie nicht so ängstlich aussehen."

„Und es ist doch jemand unter dem Tisch", rief Frau Bartpieper.

Der Peter war schon bis an den Stuhl gekommen.

„Schilp! Schilp!", schrie es plötzlich in heller Angst, und in rasender Eile schnurrte ein Sperling zum Tisch her, das war der Herr Stutzschwanz, der aus den Schoten nach Hause kam.

„Risch und risch,

Die Katze unterm Tisch!"

Damit bekamen die beiden jungen Stutzschwänze jeder einen Stoß, dass sie fast unter den Tisch gefallen wären, und in wilder Flucht brauste alles davon, am letzten der Amerikaner, weil er so dick war. Er hatte keine Zeit zu verlieren gehabt, denn mit einem Satz war der Peter auf dem Tisch und hätte ihn fast noch in der Luft erangelt.

„Ihr Lumpengesindel", sagte Peter und zeigte vor Ärger die Zähne.

Auf dem Goldregenbaum aber fiel alles über den Amerikaner her. „Der Schelm, der Dieb, der Diebschelm!" Und damit zausten sie ihn, dass die Federn stoben.

Der ließ sich ruhig alles gefallen. „Nur zu!", sagte er. „Ich habe doch meinen Triumpf weg, denn ich habe ihm ordentlich eins ausgewischt."

„Wem denn?", fragte Bartpieper höhnisch.

„Dem Kater", meinte der Dicke. „Ich hieb ihn mit dem Schnabel, dass ich glaube, er hat nur noch ein Auge. Habt ihr ihn denn nicht schreien hören?"

Der arme Hans Christoph

In der Stadt Köln am Rhein lebte von alters ein reicher Handelsherr mit Namen van Toll, der starb und hinterließ sein Geschäft und seine Reichtümer seiner Frau und seinem Sohn Hans Christoph. Da Hans Christoph noch nicht erwachsen war, verkaufte die Mutter das Geschäft und widmete sich der Erziehung des Sohnes in dem schönen, mit vielen Kunstwerken geschmückten Haus, das der Verstorbene hatte erbauen lassen.

Die Mutter war eine fromme, gottesfürchtige Frau, die den Sohn abgöttisch liebte, Hans Christoph aber war ein zwar sehr kluger, doch zugleich schwer lenksamer, eigensinniger und jähzorniger Junge, der für die Zärtlichkeiten der Mutter wenig Entgegenkommen zeigte und seine eigenen Wege ging. Sie hielt ihm geistliche Lehrer und Berater, die sich redlich Mühe gaben, seinen starren Sinn zu erweichen und sein Herz empfindsamer zu stimmen; allein noch der letzte sagte zum Abschied: „Das ist hart Holz, nur das Schnitzmesser Gottes kann daraus ein Gebilde nach eurem Wunsch schnitzen." Sie weinte in der Stille manche Träne, betete auch viel für den Sohn im Kämmerlein und in der Kirche, doch Hans Christoph wurde dadurch weder sanfter und zärtlicher, noch frömmer. In die größte Herzensnot aber geriet sie, als dieser, der nun mündig geworden war, vor sie hintrat und sagte: „Frau Mutter, es ist an der Zeit, dass ich mich in der Welt umsehe und Kenntnisse sammle, die hier nicht zu haben sind; helft mir also, mich ausrüsten, damit ich mit Anstand auf die Reise gehen kann."

„Ach, lieber Sohn", wehklagte sie zu Tod erschrocken, „bleib doch lieber hier. Wohin du ziehst, überall lauern neue Gefahren für deine Seele; dazu bin ich nicht so jung und rüstig mehr, und wenn Gott mich indes abrufen sollte, würde ich ein schweres Ende haben, wärest du fern von mir."

Hans Christoph aber meinte ungeduldig, der Apfelbaum müsse sich's gefallen lassen, dass der Apfel abfiele, und eine Mutter, dass der erwachsene Sohn nicht mehr an ihrer Schürze hänge. Er hoffe, Gott werde ihr noch manche Jahre und ein fröhlich Wiedersehen schenken. Und da er auf seinem Willen bestand, musste sie nachgeben und ihm mit bitteren Tränen Lebewohl sagen.

So zog er denn den Rhein hinab bis in das Land Italien. Dort hielt er sich an den Stätten der Gelehrsamkeit auf, die damals weit berühmt waren, studierte fleißig und führte nebenbei ein munteres Leben. Es kam aber, wie die Mutter gefürchtet hatte: eines Tags traf ihn die Botschaft, dass sie gestorben sei; vom Sterbebett schickte sie ihm ihren Segen und die Bitte, er möge in Gottes Namen fromm und tugendsam wandeln. Wenn er ihr noch einen Liebesdienst erweisen wolle, so möge er nach Rom ziehen und in Sankt Peters Dome eine Seelenmesse für sie lesen lassen.

Hans Christoph war wohl zuerst erschrocken und betrübt; aber dann meinte er: „Zum Sterben sind wir alle geboren", ging auch nicht nach Rom, sondern gab nur einem Priester, der dorthin zog, den Auftrag, die Messe zu besorgen, und ein gut Stück Geld dafür.

Erst nach Jahren, da er des Lebens in der Fremde überdrüssig war, traf er von Paris her wieder in der Heimat ein, packte allerlei Kostbarkeiten und viele Bücher aus, die er mitgebracht, und ging dann auch, die Gräber seiner Eltern zu besuchen. Als er wieder davonschritt, hörte er hinter sich ein Geflatter, und als er sich umdrehte, gewahrte er eine schneeweiße Taube, die sich auf dem Weg niedergelassen hatte und mit dem Kopf nickend und nach ihm äugend hin und her trippelte. Er setzte seinen Weg fort, die Taube aber folgte ihm bis an den Ausgang des Kirchhofes, dort flog sie auf und nahm in der Luft den Weg zurück, bis sie seinen Augen hinter den Bäumen entschwand.

Nach und nach besuchte er in der Stadt die alten Bekannten seiner Eltern und seine Jugendgespielen, die den Weitgereisten freundlich und voll Neugier aufnahmen, gab auch Gastereien und Feste in seinem Haus; wenn er allein sein wollte, so ging er in den großen, schöngepflegten Garten vor der Stadtmauer, dort studierte er in seinen Büchern, die er in dem stattlichen Gartenhaus untergebracht hatte, oder gab sich körperlichen Übungen hin. Unter seinen Bekannten aber entstand bald das Gerede: er sei hochmütig ob seines Wissens und rechthaberisch, und er führe gottlose Reden, auch habe ihn noch nie jemand in einer Kirche gesehen. Eines Tages kam denn auch der Geistliche, der seiner Mutter im Sterben beigestanden, zu ihm und machte ihm darüber freundliche Vorwürfe. Da lachte Hans Christoph und meinte: seit er in Italien gewesen, könne er die Kirchenluft nicht vertragen. „Besinnt Euch", sagte der Geistliche, „alle Weisheit dieser Welt kann Euch nicht glücklich machen, sie ist nur für den Kopf, aber das Glück kommt von Herzen. Behüte Gott, dass Eure Mutter wüsste, wie es um Euch steht, sie hätte keine Ruhe im Grab mehr." Damit ging er.

Am Sonntag drauf als die Kirchenglocken läuteten, saß Hans Christoph van Toll in seinem Gartenhaus und las über einem Buch, dessen Blätter aus vergilbtem Pergament bestanden und dessen Buchstaben mit der Hand geschrieben und oft kunstvoll bunt verziert waren. Die Glocken schwiegen eben, da hörte er vor dem Fenster, wo der helle Sommersonnenschein lag, deutlich eine Stimme sagen: „Hans Christoph, kommst du nicht mit zur Kirche?"

„Ei", rief er, „wie kommt einer in meinen Garten?", denn der war von hohen Mauern umgeben und die Pforte war verschlossen. Er sprang auf und schaute aus dem Fenster, sah aber nirgends einen Menschen, nur eine weiße Taube, die auf dem Rasen hin und wieder ging und pickte. So trat er hinaus, um nachzuschauen, fand aber auch nichts weiter, und in seinem Verdruss stieg er auf den Rasen und scheuchte die Taube fort, die flog über die Stadtmauer.

„Es muss mir jemand einen Schabernack spielen", sagte er für sich. „Nur wüsste ich gern, wie er das anfängt. Sie ärgern sich, dass ich im Kopf heller bin als sie und nicht mitlaufe, wohin die große Herde läuft."

Und er setzte sich wieder zu seinem Buch.

Über acht Tage hieß er in der Frühe seinen Rappen satteln und ritt aus dem Stadttor und am Rhein hinauf. Die Welt ringsum war so schön in ihrem grünen Schmuck und der breite Rhein blitzte, Hans Christoph aber ließ den Rappen ausgreifen, dass der Kies hinter ihm stob, und war schon ein gut Stück von der Stadt ab, als die Glocken in ihr zu läuten begannen. Kaum waren sie stille, da sagte wieder die Stimme wie am Sonntag zuvor neben ihm: „Hans Christoph, kommst du nicht mit zur Kirche?" Es klang aus dem Weidengestrüpp links am Wasser, und wie er mit einem Ruck den Rappen anhielt, flog die weiße Taube aus den Weiden und setzte sich vor ihm in den Weg, pickte hin und her und tat nicht anders als eine gewöhnliche Taube. „Dummes Ding", rief Hans Christoph, „musst du mir wieder vor die Augen kommen, dass mir die alberne Rede im Ohr klingt!", und schlug den Rappen, dass er bäumte und auf die Taube losfuhr. Denn er redete sich ein, der Ruf sei nichts als eine Erinnerung, die ihm beim Anblick der Taube gekommen war.

Die Taube aber erhob sich in die Luft und flog der Stadt zu.

Darauf kam der dritte Sonntag. Hans Christoph befand sich wieder in seinem Garten, eben damit beschäftigt, nach einer Scheibe mit Armbrust und Bolz zu schießen, worin er Meister war, als geläutet wurde. Er zog verdrießlich und unruhig die Stirn kraus, in Erwartung, dass die Glocken schweigen und er abermals den Ruf wie an dem vorhergehenden Sonntag vernehmen würde. Und eben da er angelegt hatte und zielte, wurde es still in der Luft, und deutlich hörte er hinter sich mit klagendem Ton sagen: „Hans Christoph, kommst du nicht mit zur Kirche?" Ergrimmt fuhr er herum, sah wieder die weiße Taube, besann sich nicht viel, sondern legte die Armbrust auf sie an und drückte ab.

Da fiel die weiße Taube zu Tode getroffen um; von ihr aber stieg ein feiner Nebel auf, größer und größer, formte sich zu einer Frauengestalt, die ganz durchsichtig war, und da sah er, dass es seine Mutter war, die schaute ihm mit jammervollen Augen an und rang die Hände. Hans Christoph fühlte einen harten Schlag auf sein Herz, dass die Armbrust seinen Händen entsank, wollte auf das Bild zustürzen, allein er konnte kein Glied rühren. Das Nebelbild wurde immer dünner und dünner und verschwand vor seinen Blicken.

Als Hans Christoph wieder zu Kraft kam, eilte er zu der Stelle: da lag die Taube, und das Blut färbte ihr weißes Gefieder purpurrot. Er hob sie vom Boden: sie unterschied sich durch nichts von einer gewöhnlichen Taube. Und allmählich kehrte ihm die Zuversicht zurück und er meinte, alles Übrige sei wohl ein Trugbild seiner Sinne gewesen; nun da die Taube tot sei, werde er vor dem Spuk endlich Ruhe haben.

In der folgenden Nacht aber hatte er einen Traum. Seine Mutter erschien ihm leibhaftig, rang wieder die Hände und sagte: „O, Hans Christoph, nun ist dir die ewige Seligkeit verschlossen."

Von da ab begegnete ihm eine Weile nichts Außerordentliches mehr. Indes fand er doch keine rechte Ruhe, die Sache ging ihm im Kopf herum und quälte ihn, obwohl er des Glaubens lebte, es gäbe gar keine ewige Seligkeit; wenn einer tot sei, so sei alles vorbei. Um aber der Einsamkeit quitt zu werden und Zerstreuung zu finden, beschloss er, sich ein Weib zu nehmen. Und da er so ein angesehener Mann war, wurde es ihm nicht schwer, eine schöne Braut aus einer der vornehmsten Familien der Stadt zu gewinnen, und die Hochzeit wurde mit aller Pracht gerüstet.

Zu seiner Trauung wollte Hans Christoph nun doch in die Kirche gehen. Während im Haus der Braut gekocht und gebraten wurde, begab sich das Brautpaar mit allen Festgästen auf den Weg. Kinder streuten Blumen und Grün, und viel Volks stand neugierig bei der Treppe, die zum Eingang der Kirche führte.

Da geschah es, dass der Bräutigam auf der obersten Stufe Halt machte, und wie er sich auch mühte, die Füße zum Weitergehen zu bewegen, sie waren wie gelähmt. Die Braut sagte: „Was ist dir?" Er antwortete: „Ich weiß es nicht, aber ich kann keinen Fuß heben." Und zu den Nächsten sagte er: „Fasst mich an und hebt mich, dass ich die Kirchentür gewinne." Da kamen die Brüder der Braut und versuchten ihn zu heben, doch brachten sie ihn nicht von der Stelle. Ein Gemurmel entstand, und das Volk drängte herzu. Als man sich überzeugt hatte, dass alle Mühe vergeblich war, ging einer, den Priester herauszuholen, der brachte Weihwasser mit und versuchte, den Gebannten zu lösen. Das half auch nichts. „Wehe", sagte der Priester, „du bist verdammt und des Teufels Geselle", schlug noch drei Kreuze und wich in die Kirche zurück. Da stob alles auseinander, die Braut und ihre Sippe sagten sich los von Hans Christoph und zogen schaudernd heim.

Hans Christoph blieb allein zurück, alles Blut war aus seinen Wangen gewichen; er drehte sich um und schritt trotzig die Treppe hinab bis in sein Haus.

Einige Zeit verblieb er noch in seiner Vaterstadt, von allen gemieden, dann verließen ihn auch die letzten Diener und er hatte Mühe, Nahrung zu erhalten. Nun bot er seinen Besitz zum Kauf aus. Erst wollte keiner kaufen; dann erwarb eine reiche Witwe alles und schenkte es der Kirche. Hans Christoph aber nahm sein Geld und zog in die Fremde, wieder nach Italien.

Viele Jahre vergingen; Hans Christoph wurde ein alter Mann. Mehrmals hatte er wieder den Versuch gemacht, eine Kirche zu betreten, aber nie war es ihm gelungen. Er war davon nur immer verstockter geworden. Jetzt, wo er bisweilen an den Tod dachte, wurde ihm doch das Herz beklommen, und endlich hatte er keinen sehnlicheren Wunsch, als des Fluches ledig zu werden. „Ei", sagte er, „so werde ich nach Rom zum Papst ziehen, dass er mich losspricht, es koste, was es wolle."

So machte er sich nach Rom auf, gelangte auch bis zum Papst und trug ihm sein Anliegen vor. Der aber sprach: „Wider Gottes offenbaren Willen habe ich keine Macht. Tu Buße, bis sein Zorn ein Ende erreicht."

Da zog Hans Christoph in schwerer Not wieder fort von Rom, tat sein Geld in viele Beutel und versteckte es in einer Felshöhle, die er gut verschloss, er selbst aber fing an zu wandern, von Ort zu Ort, saß überall vor den Kirchtüren und horchte, wie drinnen gesungen und geredet wurde, wie Orgel und Glöckchen klangen. Immer älter wurde er darüber, steinalt, weit über der Menschen Jahre, wurde nie krank und konnte nicht sterben. Sein Antlitz schrumpfte zusammen, spärliches weißes Haar lief noch wie ein Kranz um den kahlen Kopf; so schleppte er sich, einem alten Bettler gleichend, am Stock von Kirche zu Kirche, sein welker, zahnloser Mund betete, und die Kirchgänger warfen ihm Almosen zu.

Niemand war mehr auf Erden, der ihn kannte.

Eines Tages geschah es, dass er vor einer Kirche in der Hauptstadt Wien saß. Es war ein heißer Sommertag und die Kirchtür stand offen, und er konnte doch nicht hinein gelangen. Zwei Knaben kauerten ein Stück von ihm und betrachteten ihn mitleidig, und endlich sagte einer zum anderen: Er ist gewiss krank; wenn der Pater Florian herauskommt, der hilft allen Leuten."

Das hörte Hans Christoph, und er nahm die Hände vom Gesicht und fragte: „Wer ist Pater Florian?"

„Der da drin spricht", sagte der Knabe.

Da war es Hans Christoph, als müsse er mit dem Pater Florian reden, und er saß und wartete. Und endlich war die Kirche zu Ende, und er sprach zu den Jungen: „Bleibt und zeigt mir den Pater." Die Leute strömten heraus, und ein Weilchen drauf trat ein Mönch aus der Tür, dem küssten die Jungen die Hand und sprachen: „Gelobt sei Jesus Christus, Pater Florian." Da sagte der Mönch: „In Ewigkeit, Amen, ihr Buben", und strich ihnen über das Haar. Hans Christoph erhob sich, trat herzu und sprach: „Ehrwürdiger Herr, ich habe ein Verlangen, Euch zu beichten." Der Mönch antwortete: „So kommt in die Kirche zum Beichtstuhl."

„Das geht nicht an", sagte Hans Christoph; „wollet erlauben, dass ich Euch das Geleit gebe, sollt Ihr hören, warum nicht."

Verwundert ging der Mönch und jener mit ihm. Und als die Beichte zu Ende war, blieb der Pater Florian stehen, legte Hans Christoph die Hand auf die Schulter und sprach: „So Ihr rechte Reue und Verlangen nach Gott traget, werde ich einen Rat für Euch finden. Kommt morgen um diese Zeit wieder vor die Kirche."

Am anderen Tag war Hans Christoph an der Stelle und als der Mönch kam, war seine Miene froh und er sagte: „Heil Euch! Denn diese Nacht sah ich Euch im Traum sitzen und Bauleute führten um Euch herum ein Kirchlein auf. Auf solche Art werdet Ihr in die Kirche hinein kommen und Frieden finden, denn an Geld gebricht es Euch ja nicht dafür."

Der arme Hans Christoph küsste dem Mönch die Hand und weinte Freudentränen, machte sich alsbald nach Italien auf, wo sein Geld verborgen war, und redete die Sache mit einem Baumeister ab. Nun saß er Tag und Nacht auf der bloßen Erde, wie auch das Wetter sein mochte, und um ihn stiegen die Mauern eines Kirchleins auf, höher und höher, bis sich das Dach über ihn wölbte; und das Kirchlein wurde mit allem Fleiß ausgestattet, bis auch nichts daran fehlte. Die Geschichte von dem wunderlichen Mann, der eine Kirche um sich bauen ließ, wurde weithin ruchbar und zog Neugierige herbei; und als der Tag gekommen war, da das Gotteshaus geweiht werden sollte, konnte das Kirchlein die Zahl der Andächtigen nicht fassen.

Die Orgel spielte und die Festgesänge erschallten, Hans Christoph aber saß vor dem Altar auf dem Stuhl und lobte Gott; ihm war, als sähe er den Himmel offen, und alle Seligen schauten auf ihn nieder und seine Mutter faltete verklärt die

Hände gegen ihn. Und als die Worte der Weihe gesprochen waren, schloss Hans Christoph die Augen, und das welke Haupt sank auf seine Brust nieder.

Im selben Augenblick richtete alles die Blicke gegen die Decke, denn dort schwebte eine weiße Taube; sie flatterte zu Hans Christoph herab, und als sie wieder aufflog, waren es zwei Tauben, die nahmen den Weg zu einer offenen Luke und entschwanden ins Freie.

Und als der Priester zu Hans Christoph trat, sah er, dass der gestorben war.

Friedchen in der Rumpelkammer

Friedchen hatte eben zum Geburtstag eine neue Puppe bekommen, ein hübsches Fräulein mit einem roten Kleid. Sie war gleich getauft worden, nämlich auf den Namen Elisabeth, und noch am selben Tag hatte sie den Hampelmatz geheiratet, damit sie versorgt war. Nun musste sie doch auch das Haus kennenlernen. Friedchen trug sie mitsamt ihrem Hampelmatz überall herum und zeigte ihr alles. Nur das Merkwürdigste war noch übrig, das hatte Friedchen bis zuletzt aufgehoben; und dahin begaben sich jetzt die drei, treppauf, wo der Dachboden war: dort war auch die Rumpelkammer.

Ja, so heißt sie jetzt; eigentlich aber die Großvaterstube, denn Großvater hatte drin gewohnt, bis er gestorben war. „Weil er so alt war“, sagte die Mutter. Brüderchen Otto war auch bald gestorben, aber der am Scharlach. Viele Sachen vom Großvater waren in der Rumpelkammer noch zu sehen und die Spielsachen von Otto hatte man auch hinauf gestellt. Großvater war einmal Schullehrer gewesen, nicht Förster, wie der Vater; er war immer heiser, saß oben in seiner Dachstube und las, so erzählte Friedchen unterwegs auf der Treppe der Frau Hampelmatzin, die sie aber nur „Elisabeth" nannte.

Nun waren sie auf dem Boden angelangt. So dämmrig war es da und so schön kühl; draußen war eine solche Sommernachtshitze! Es roch wohl ein bisschen nach Staub und Ruß: da sah man ja auch die Schornsteine, wie sie aufstiegen, durch das Dach hindurch. Und dort, das war die Tür zur Rumpelkammer. Friedchen ging und öffnete sie, ein bisschen zaghaft, den Hampelmatz in einem und Elisabeth im anderen Arm.

Wie sie eingetreten war, raschelte es irgendwo, da wäre sie beinah umgekehrt. Aber sie fasste sich, so blass sie auch geworden war.

„Siehst du?", sagte sie zu der Puppe und lehnte die Tür bloß an.

Das war wirklich ein nettes Erkerstübchen! Aber es lag und stand alles recht bunt durcheinander drin. Vorn schien gerade die Sonne durch das Fenster herein, dass es blendete, und in dem Lichtstreifen tanzte der Staub.

„Das ist der Stuhl, auf dem hat Großvater immer gesessen und gelesen; darauf stehen jetzt zwei Laternen; und das ist seine Flinte, mit der ist er mit Vater manchmal in den Wald schießen gegangen. Die alte hässliche Eule da an der Wand hat er auch geschossen und ausgestopft. Und das Bild an der Wand, das ist die Großmutter, die ist schon lange, lange gestorben, da lebte ich noch gar nicht; und die Uhr neben ihr ging früher, jetzt steht sie, weil sie Großvater nicht mehr aufziehen kann. Das da ist seine große Erdkugel, die kann man drehen."

Friedchen tippte mit dem Finger dran, aber zu drehen getraute sie sich nicht.

„Da hinten, das sind Ottochens Spielsachen."

Da gab's ein Gerümpel: ein Schaukelpferd war da, Bälle, eine Trommel, ein Korb mit einem Kegelspiel; aber auch ein alter Hut und ein paar Bücher lagen auf der Erde, und ein alter Stiefel, ganz schimmelig schon; und Stroh lag da verstreut, und bei dem Schaukelpferd stand ein Kehrbesen gegen die Wand gelehnt. Das alles musste Elisabethchen bewundern.

„So jetzt sind wir müde, jetzt müssen wir uns einmal setzen", sagte Friedchen. Sie ergriff eine Fußbank und zog sie vor, zum Großvaterstuhl hin, wo es sonnig war; da saß sie nun, in einem Arm die Puppe, auf dem Schoß den Hampelmatz, machte die Augen zu und war wirklich müde; halb im Einschlafen stieß ihre Hand gegen den Hampelmatz, dass er vom Schoß auf die Dielen hinabrutschte: sie merkte es wohl, aber sie war schon so faul, dass sie ihn gar nicht mehr aufheben wollte.

Nun schlief sie. Es war still, ganz still um sie.

Mit einem mal sagte es zu ihren Füßen: „Da liege ich nun und bin hingeschlagen, dass mir der Kopf brummt und alle Glieder schmerzen. Aber das ist dir egal; und wenn mich die Mäuse fressen, das ist dir auch egal."

Das war der Hampelmatz, der sprach, und Friedchen hörte es und sah auf einmal die ganze Stube, obgleich sie die Augen geschlossen hatte. „Ich kann dich doch nicht aufheben, ich schlafe ja", sagte sie.

„Ja, aber vorhin hättest du es gekonnt, jetzt ist es zu spät. Meine Frau sagt auch nichts, das ist auch so eine! Wenn die Mäuse kommen, werdet ihr ja sehen, was geschieht."

„Piep", machte es bei den Regalen, wo das Stroh lag. Das war eine Maus. Friedchen hörte es rascheln, und es wurde ihr eiskalt im Rücken. Hopp, hopp – das musste eine ganze Anzahl Mäuse sein, dort hatten sie gewiss irgendein Loch.

„Jetzt kommen sie und fressen mich", rief der Hampelmatz.

„Hu witt – hu hu hu!", heulte es grässlich an der Wand, und dann knackte es, als ob einer auf Nüsse träte. Friedchen fuhr herum: da war es die Eule, die rollte ihr feurigen Augen gegen den Hampelmatz hin, und wie Friedchen wieder nach dem herunter guckte, saß bei ihm eine Maus, die schlug einen Purzelbaum, hob dann das spitze Schnäuzchen zur Eule hinauf und lachte: „Hi hi", und immer noch einmal. „Ja, wenn du nicht ausgestopft wärest; aber du bist bloß ein Balg, ein Balg bist du; du kannst uns nichts tun, hi hi – hi hi …"

Friedchen wollte aufspringen, so entsetzte sie sich; aber sie konnte nicht, sie saß wie angenagelt. Sie schrie bloß: „Willst du fort, du hässliches Tier! … Mutter, Mutter …"

Aber die Maus rief nach ihren Kindern: „Kommt doch vor, sie schläft ja, sie kann sich nicht vom Fleck rühren."

Und dann zu Friedchen: „Siehst du, jetzt haben wir dich; deine Mutter hilft dir gar nichts. Aber die stellt immer eine Falle mit Speck auf, und wenn eine von uns dumm ist, wird sie gefangen und umgebracht. Wenn wir dich nun auch umbrächten?"

„Ja, wir wollen uns das überlegen", sagte eine andere Maus, denn es waren mittlerweile noch andere Mäuse herzugesprungen. „Wer ist denn das hier?" Damit lief sie zu dem Hampelmatz und beroch ihn.

„Hilfe!", schrie der Hampelmatz. „Tut mir nichts, ich bin mit Sägespänen gestopft, ich bin ganz ungenießbar. Ihr habt gar nichts davon, wenn ihr euch an mir vergreift. Aber die andere Puppe da oben ist, glaube ich, mit Kleie ausgestopft."

„Pfui", rief da die Puppe Elisabeth, „du schlechter Mann, jetzt will ich von dir nichts mehr wissen; es ist nicht wahr, ich bin auch mit Sägespänen gestopft."

Und Friedchen rief ganz außer sich: „Untersteht euch und tut meiner Elisabeth etwas; und wenn ihr mich beißt, dann wache ich gewiss auf, dann laufe ich und hole Mimi, die Katze. Die wird dann hier eingesperrt und frisst euch."

Da steckten die Mäuse die Köpfe zusammen und sprachen heimlich. Endlich sagte die erste zu Friedchen: „Pass nur auf, wir kommen nachher hinauf, dann fressen wir deiner Puppe die Nase ab." Und die zweite meinte: „Ja, erst spielen wir noch eine Weile, dann wird die Nase abgefressen. Und vor der Katze fürchten wir uns gar nicht."

„Ich bin tot vor Angst", sprach der Hampelmatz. „Was einer in der Angst spricht, gilt nicht; ich will nichts von der Kleie gesagt haben."

„Ja du – dich kennen wir jetzt", sagte Friedchen, „von dir wollen wir nichts mehr wissen, dich lassen wir nachher hier oben liegen. Ach Elisabethchen, wenn ich doch eher aufwachte, ehe sie kommen und dich in die Nase beißen! Nun wäre es wirklich besser, du hättest einen Kopf aus Porzellan und wärst keine Schlafpuppe."

„Ja", sagte Elisabethchen, „ich habe so große Angst. Ich werde dann schrecklich hässlich und du hast mich dann gar nicht mehr lieb."

„Immer und ewig", rief da Friedchen. „Ich bin ja schuld, warum habe ich dich heraufgebracht und bin hier eingeschlafen."

Sie sah sich nach den Mäusen um, und da war es ihr, als ob alles, was in der Stube war, lebendig wäre; nur dass sich nichts von der Stelle rührte. „Du drückst uns nieder – auf, du drückst uns nieder", rief es im Kegelkorb. Der Kegelkönig aber, der obenauf lag, versetzte dagegen: „Euer Klagen nützt zu gar nichts, ich bin euer König und kann euch drücken wie ich will; die Mäuse sind wieder da und da schaudert mich, das habe ich mit dem Löwen gemein. Ihr hört doch, wie sie sind, sie wollen jetzt das Friedchen umbringen und ihrer Puppe die Nase abfressen." Und die Kugel schrie: „Alle Neune!" – denn eine der Mäuse kletterte den Korb hoch.

„Piep", sagte die Maus und sprang wieder hinunter. „Wenn die Vögel hier singen, wird einer taub. Ich gehe wieder auf meine Trommel." Und sie kletterte auf die Trommel und lief so schnell darauf herum, dass sie kaum noch zu sehen war; das gab einen feinen Wirbel und die Trommel schien ganz zufrieden damit zu sein. Der Stiefel daneben lag auch ganz geduldig und sperrte das Maul auf: eine zweite Maus war hineingekrochen, und jetzt rannte sie heraus, rannte um den Kegelkorb herum und wieder in den Stiefel. „Jetzt bin ich zu Hause", rief sie, „jetzt könnt ihr mich besuchen." Aber es kam keine.

Es war auch nur eine noch in der Nähe, die kugelte den kleinen Ball und sagte immer: „Jetzt beiß ich dich, jetzt beiß ich dich", und der sagte: „Beiß doch, beiß doch." Er fürchtete sich gar nicht. Aber das Schaukelpferd fürchtete sich, die Augen traten ihm förmlich aus dem Kopf und es wiegte auf und ab, je näher die Maus kam, desto ärger, und wieherte ab und zu und rief dazwischen: „Bleib mir vom Leib oder ich zerquetsche dich." Auch das eine große Buch, das offen dalag und immer mit den Blättern schlug, hatte wohl Angst. Die Maus ließ endlich von dem Ball ab, saß und hob das Schnäuzchen und schnüffelte gegen das Buch.

„Das zieht hier; ich soll wohl den Schnupfen bekommen? Ich werde mich hüten." Damit sprang sie zu Großvaters altem Hut hin, der vor dem Schaukelpferd lag, und war mit einem Satz drin. Da duckte sie sich ein Weilchen und man hörte nichts auf dieser Seite, als das Trommeln und ein Geknabber im Stiefel und Hut.

„Schlechtes Futter", sagte die Maus im Hut und guckte über den Rand nach Friedchen aus. „Du, jetzt komme ich bald, und dann wird die Nase abgefressen."

„Komm nur", rief die und drückte Elisabethchen fester an sich. „Ich werde schon aufwachen, das wirst du sehen."

Aber die Maus duckte sich wieder in den Hut.

Hinter Friedchen klirrte es, das waren die beiden Laternen. „Sie sind zu frech!", hörte man die eine. „Wenn die dicke Flinte nicht solch eine Schlafmütze wäre; die brauchte bloß zu knallen, dann wollten wir sehen, wie sie flögen."

Aber da knarrte der Großvaterstuhl: „Lasst sie in Frieden, sie ist nicht geladen. Wenn man nichts in sich hat, kann man nichts von sich geben."

„Hi hi hi", piepte es spöttisch von oben. „Ja, wir sind frech, und die Nase wird abgefressen. Aber erst, wenn wir hier mit Seiltanzen fertig sind; und dann springen wir vorher erst noch auf die Großmutter …"

„Wollt ihr wohl!", schrie da eine Stimme. „Ihr Unverschämten, ich werfe euch hinunter, dass ihr alle Glieder brecht." Und dahinter gab es ein Schnurren und ein Stoßen und Klirren hinter Friedchen an der Wand: sie fuhr mit dem Kopf herum und sah drei Mäuse auf einer Wäscheleine turnen, und das Bild der Großmutter schaukelte an seinem Nagel ganz wild hin und her und schlug gegen die Uhr, dass die immer mitschaukelte; auf der anderen Seite die zwei Krüge und ein Teller, die auf einem Brett standen, zeterten: „Sie wird uns entzwei schlagen – wir fallen herunter – wir fallen herunter."

Das war ein ganzer Aufruhr an der Wand, der dicke Globus unten brummte: „Da muss man ja verdreht werden, am Ende fallen sie noch auf mich drauf und dann kommt der Weltuntergang. Wenn ich entzwei geschlagen werde, geht alles drunter und drüber." Er bildete sich wahrscheinlich ein, dass er die Erde wäre.

„Ach Elisabethchen, wenn uns doch einer weckte!", jammerte Friedchen vor sich hin.

Da pochte es ganz spitz am Fenster. „Pü – ip! Was ist denn hier los?", fragte ein feines Stimmchen draußen, und wie Friedchen sich umsah, war es ein Rotkehlchen.

„Ach du", rief Friedchen, „die Mäuse wollen meinem Elisabethchen die Nase abbeißen, und ich schlafe und kann mich nicht rühren."

„Ei, wart einmal", piepte das Rotkehlchen, und fort war es. Und Friedchen dachte schon, es wäre am Ende in den Wald geflogen, aber da saß es wieder im Fenster und schlug lustig mit den Flügeln. Und auf einmal ging's bei der Tür: „Wauwau – wauwau …"

Da machte Friedchen auf; vor ihr stand Männe, der Dachshund, und äugte sie an, und in der offenen Tür die Mutter, die sagte eben: „Hier bist du? Was tust du hier oben; ich suche dich und rufe …" Und jetzt fing ein Gebrabbel an, dass Friedchen gar nicht mehr zu Worte kam: wie der Wind huschten die Mäuse von der Leine herunter, und die anderen aus dem Hut, dem Stiefel, von der Trommel herab, ihrem Loch zu, und Männe stutzte erst, dann aber fuhr er mit grässlichem Gebell hinter den Mäusen drein, dass sie gewiss eine Angst hatten, wie noch nie, bis sie in Sicherheit waren.

„Männe, Männe", rief die Mutter; „ach da sind wieder Mäuse, da muss wieder eine Falle gestellt werden."

„Ja, und Mimi muss herauf", sagte Friedchen, die aufgesprungen war und sich rasch zur Mutter flüchtete. „Ich war eingeschlafen und da wollten sie erst mich umbringen, und dann wollten sie Elisabethchen die Nase abbeißen. Wenn das Rotkehlchen dich nicht gerufen hätte, dann wäre es geschehen. Und den Hampelmatz da lasse ich oben, Mutter, der ist zu schlecht, der hat den Mäusen gesagt, Elisabeth wäre mit Kleie gestopft."

Im Haus des Heiligen Nepomuk

Das Haus des Heiligen Nepomuk war eine Kirche. Sie gehörte eigentlich dem lieben Gott, wie alle Kirchen, aber der Heilige Nepomuk hatte sie in Verwaltung bekommen und wohnte darin. Mitten in der Kirche, da wo die beiden Kirchenschiffe sich kreuzten, stand er in Stein gehauen und hielt ein Büchlein in der Hand, und ein dicker vergoldeter Draht, der mit Goldsternen besetzt war, lief in der Luft um seinen Kopf herum, der bedeutete den Goldstreifen, den die Maler um die Köpfe der Märtyrer malen. Er war ein schöner Heiliger und hatte einen langen, faltigen Rock an und die Augen zum Himmel aufgeschlagen; es war nur eins schade: dass er nämlich nicht bunt gemalt war. Die Leute wollten ihn immer bunt malen lassen, aber der Herr Pfarrer ließ es nicht zu.

Die Kirche stand in einem Dorf, ziemlich am Ende, und man musste eine Steintreppe zu ihr hinaufsteigen, denn sie lag etwas hoch. Sie hatte einen hohen Turm mit einem Göckelhahn als Windfahne auf dem Kopf, und in dem Turm drei Glocken, eine große, eine kleinere und eine ganz kleine; die ganz kleine wurde nur geläutet, wenn ein Gewitter war, und es hieß, die Gewitter fürchteten sich vor ihr.

Heute wurden nur die beiden anderen geläutet, denn sie hatten den Sonntag auszuläuten. Es war nämlich Sonntagabend, und die Abendsonne versank gerade in dunkelblauen Wolken mit goldblitzenden Rändern, während der ganze Himmel darüber mit rotgelbem Feuer brannte. Das Gesicht und die Kleider des kleinen Gottfried, der an der Wachbrücke zwischen den Erlenbüschen stand, waren davon ganz rot gefärbt, weil er eben in die Sonne sah und probierte, wie lange er das aushalten könnte. Das ging nun nicht sehr lange; er drehte sich bald zur Brücke herum, legte die Arme auf das Geländer und hörte dem Abendläuten zu.

„Komm, komm", brummte die große Glocke, „komm, komm", und die zweite rief mit hellerer Stimme dazwischen: „Komm doch, komm doch!"

„Das ist närrisch", sagte der Junge in Gedanken, „es klingt gerade so, als ob sie mich riefen; sonst habe ich nie gehört, dass sie komm, komm! und komm doch! geläutet hätten. Ich möchte wohl wissen, ob ich wirklich damit gemeint bin." Er wäre längst schon gern einmal zu ihnen hinaufgestiegen, aber die großen Jungen, welche der Dorflehrer die Glocken läuten ließ, litten das nicht; sie waren sehr eifersüchtig auf ihr Recht, in den Turm zu klettern, und wehe jedem anderen, der das wagen wollte! Dabei aber erzählten sie Wunderdinge, wie es oben aussähe, dass jeder neugierig werden musste.

„Ich will es doch einmal tun", dachte Gottfried, dem das verlockende „komm doch" immer in den Ohren summte. Er ging über den Brückensteg und durch die Wiese, dann um das Gehöft seines Vaters, der ein Kätner war, und endlich die Steintreppe hinauf in die offene Turmtür. Mittlerweile aber hatte das Läuten aufgehört; die polternden Tritte der Herabkommenden schreckten den Jungen wieder den halben Aufstieg hinunter, und da die Tür, die vom Turm in die Kirche führte, bloß angelehnt war, schlüpfte er schnell in diese und verkroch sich in einem Kirchenstuhl.

Plötzlich fuhr der Schlüssel in die Kirchentür, die Tür schlug zu und am Kreischen und Klirren des Schlüssels hörte Gottfried, dass er eingeschlossen wurde. Jetzt wurde ihm ein wenig bange, aber es war zu spät: schon wurde auch die Turmtür abgeschlossen.

Er richtete sich auf. In der dämmerigen Kirche rührte sich nichts, ausgenommen dass eine Bank leise knackte. In feierlicher Ruhe stand der Heilige Nepomuk mit seiner Sternenkrone da; es sah aus, als ob er den stillen Kirchenstühlen eine Predigt hielte, von der nur die Menschenohren nichts vernahmen. Der kleine Gottfried wollte so unhörbar wie möglich auftreten; aber er hatte so schwere Stiefel an den Füßen! Es war bei dem Geräusch, das sie machten, als müssten sich allerlei Dinge plötzlich aufrichten und nach dem Störenfried umsehen, und der schlug ganz erschrocken die Augen nieder und bewegte sich nicht.

Als er sich endlich furchtsam ein wenig umsah, war alles in der Kirche unverändert; die Bänke standen so andächtig versunken und der Heilige Nepomuk war so starr wie zuvor. Der Junge indessen konnte seine Furcht nicht bezwingen, er stand und stand, bis ihm die Füße ermüdeten; da fasste er sich wenigstens so viel Herz, dass er sich in dem Kirchenstuhl auf die Bank niederlegte und die Augen schloss. Dort schlief er ein.

In der Nacht packte ihn etwas an der Schulter und schüttelte ihn, und als er die Augen aufschlug, stand der Heilige Nepomuk vor ihm. Er sah ganz genau aus wie sonst, nur dass alles an ihm lebendig war und dass er in der einen Hand einen der Altarleuchter mit brennendem Licht darauf hielt und nicht mehr das Buch.

„He, mein Bürschchen", sagte er, „hast du im Dorf kein Unterkommen, dass du in meinem Haus Nachtquartier suchst?"

„Ach", antwortete der Junge erschrocken, „die Glocken im Turm riefen immer komm, komm! und komm doch! und weil ich dachte, ich könnte gemeint sein, so wollte ich gern einmal zu ihnen hinaufsteigen. Aber die Jungen, die geläutet hatten, haben mich hier eingeschlossen, als ich mich vor ihnen verkrochen hatte."

„So?", sprach der Heilige und strich ihm über den Kopf, „zu den Glocken wolltest du hinauf? Aber verstanden hast du sie nicht richtig; nur wenn sie zur Kirche läuten, rufen sie komm!

aber des Abends sagen sie: Ruht nun! oder: Ruht euch! Man versteht sie freilich schlecht, denn sie haben so ungeschlachte Mäuler und Zungen. Wenn du sie aber einmal sehen willst, so komm mit mir; ich muss meine Mietsleute besuchen und in meinem Haus nach dem Rechten sehen.“

Er nickte dem kleinen Gottfried so freundlich zu, dass der gar keine Furcht mehr spürte; nur großen Respekt hatte er vor dem Heiligen mit dem flimmernden Sternenkranz, und er schlug hinter dessen Rücken die Kreuze, die er vorher in der Verwirrung zu machen vergessen hatte.

Der Heilige stieg die Treppe zum Chor hinauf und der Junge hinter ihm drein. Auf der Treppe wandte sich jener noch einmal um. „Wie gefällt dir’s in meinem Haus, mein Sohn?“, fragte er.

„Gar zu gut, heiliger Mann“, antwortete der Junge, alles sieht so schön aus von Blumen, Gold und Bildern, und wenn die Orgel spielt und der Herr Pfarrer Messe liest, ist es am schönsten hier. Es ist alles so feierlich und heilig.“

„Wenn es nur wahr wäre“, seufzte der Heilige Nepomuk für sich. „Man hat seine liebe Not mit einem so großen Haus!“

Vor der Orgel raschelte es, und der Heilige blieb stehen. „Nun“, fragte er, „was wollt ihr und wo kommt ihr her?“ Und er sah auf sechs Mäuse hinunter, die unter der Orgelbank saßen und sich aneinander drückten.

„Ach“, sagte die größte davon, „wir sind sechs arme Kirchenmäuse und haben uns in den sechs großen Orgelpfeifen niedergelassen. Aber heute war den ganzen Tag ein solcher Zug darin, dass wir dachten, wir müssten sterbenskrank werden; und nun möchten wir gern eine andere Unterkunft haben.“

„Das ist euch schon recht“, sprach der Heilige, „wer heißt euch ohne Erlaubnis in meinem Haus Quartier nehmen. In die

Orgel lasse ich niemanden hinein; aber ihr könnt mit auf den Turm kommen und in den Kirchenboden schlupfen.“

„Wenn wir bitten dürften, möchten wir lieber irgendwohin in das unterste Stock ziehen“, meinte die Maus. „Wir möchten uns von den Sämereien auf dem Kirchhof ernähren, und der Weg vom Boden herunter ist gar zu weit.“

„Nun, meinetwegen“, sagte der Heilige Nepomuk. „Aber droben wohnt heuer noch kein Bettelvolk, und bei meinen lieben frommen Tauben bleibt manches Korn übrig.“

„Das ist etwas anderes“, sprach die Maus, und die ganze kahlschwänzige Gesellschaft leckte sich vor Vergnügen über so gute Aussichten die Mäulerchen.

Der Heilige Nepomuk ging um die Orgel herum zur Ecke wo die Tür aus dem Chor auf die Turmtreppe führte. Er war schon nahe an derselben, als es irgendwo oben in der Kirche „piep“ machte. Es war ein ganz verschlafenes Piep wie von einem Vogel, welcher träumt.

„Heda, ihr dort oben“, rief der Heilige und leuchtete mit dem Kirchenlicht zu dem Gesims hinauf, „seid ihr immer noch in der Kirche? Habe ich euch nicht das letzte Mal wieder gesagt, dass ihr ausziehen sollt? Leichtfertiges Spöttervolk, das ihr seid: habt ihr nicht wenigstens zehnmal schon allen guten Christen die Andacht gestört, dass sie sogar anfingen zu lachen während der heiligen Messe? Seid ihr nicht dem Herrn Pfarrer so dicht um den Kopf geflogen, dass er aufhören musste zu predigen? Immer habt ihr mir versprochen, dass ihr euch anders betragen wolltet; aber jetzt nützt es euch nichts mehr, und wenn ich euch bei meiner Rückkehr noch hier finde, so rufe ich die beiden Eulen herunter, dann wisst ihr schon, was euch bevorsteht.“

Auf dem Gesims oben war es ganz still geworden, als der Heilige so zornige Worte sprach, bloß ein paar Köpfe mit Schnäbeln daran reckten sich vorsichtig über den Rand.

„Die eilen sich gewiss, dass sie fortkommen", dachte der kleine Gottfried. „Ich weiß schon, wer es ist: es sind die vier Sperlinge, die immer während der Kirche so viel Geschrei machen. Es geschieht ihnen schon recht jetzt!"

Indessen rührte der Heilige mit dem Zeigefinger an das Türschloss, da sprang die Tür auf; die Mäuse schlüpften vornweg, dann schritt der Heilige Nepomuk hinaus, und der Junge folgte. Hinter ihnen wurde es dunkel in der einsamen Kirche.

Sie wandelten die Stiegen aufwärts, und plötzlich stieß der Heilige eine Falltür auf und sie erblickten die Glocken. Der kleine Gottfried hatte Herzklopfen vor Aufregung. Aber was für Ungeheuer waren das auch! Ausgenommen die Gewitterglocke, die war nicht sonderlich groß. Hinter dem Heiligen Nepomuk hervor sah er mit Scheu in den finsteren Schlund der allergrößten, aus welchem der armdicke Klöppel wie eine lange Zunge hing; sie war vor Alter ganz voller Grünspan, außen mit Schrift bedeckt, und oben hatte sie eine Krone auf, woran sie im Balkenwerk befestigt war. Ringsum dahinter gähnte Finsternis, die tiefste aber hoch oben im Turmhelm. Man hörte das Kreischen des Wetterhahnes, das dumpfe Ticktack der Turmuhr und das Windessausen in dem Gebälk und Sparrenwerk, denn der Wind hatte sich draußen aufgemacht und kam zu den Schalllöchern herein, dass sich Gottfried nicht genug über die Kerze in der Hand des Heiligen wundern konnte, die so ruhig brannte wie in einer Stube.

Der Heilige ließ sich auf einer Bank an der Wand nieder. „Siehst du, das sind die Glocken", sagte er.

„Ich habe sie sehr lieb, weil sie immer so prächtig und feierlich zur Kirche und zum Beten rufen", meinte der Junge und tippte mit den Fingern zaghaft auf den Mantel und auf die Zunge der allergrößten.

Der Heilige nickte. „Ja, ja, sie sollten eigentlich immer nur der Kirche dienen, aber sie gehören auch der Welt an, wie alles, und darum hat auch der Böse sein Teil an ihnen. Wer sie läutet, dem reden sie nach dem Mund. Es war einmal ein großer Aufruhr gegen die Obrigkeit in eurem Dorf, ehe du geboren wurdest, mein Sohn; damals stellten sie Pferde in mein Haus und hängten mir die Pferdezügel auf den Arm; eine schlimme Zeit, mein Sohn! Und hier oben nahmen sie die Glocken beim Strick und zogen was sie konnten. Weißt du, was die schrien? Schlag tot! und: Hau zu! Es ist kein rechter Verlass auf die Großmäuler da."

„Wie streng er ist", dachte der kleine Gottfried, „an allem hat er etwas auszusetzen. Bloß an mir noch nicht."

Es kam ihm vor, als höre er ein leises Summen in den Glocken, und er legte das Ohr an den Mantel der großen und vernahm das Summen deutlicher. Immerfort zog es sich in dem Erzmantel hin; es war, als ob beständig etwas an ihm entlang striche.

„Hörst du es?", fragte der Heilige Nepomuk. „Das ist das Sausen der Zeit. Niemand sieht sie, und sie ist doch überall und fließt durch alles in der Welt. Sie streift auch die Räder der Uhren und dreht sie, darum kannst du an den Uhren sehen, wie schnell sie geht, und an den Glocken kannst du hören, wie sie daran entlang huscht. Sie fließt ohne Anfang und Ende, so wie die Wasser auf der Erde kreisen, denn sie kommt aus der Ewigkeit, und wo sie hinfließt, das ist auch wieder die Ewigkeit. Wenn sie nur nicht alles auseinander spülen wollte! Ein Stückchen nach dem anderen bröckelt sie von den Dingen, bis sie am Ende zerfallen. Mein Haus wird sie auch noch ganz zerspülen, das sehe ich schon kommen!" Und der Heilige

Nepomuk sah vor sich hin und schüttelte den Kopf, während der kleine Gottfried immer noch auf das wundersame Sausen horchte und gar nicht darauf achtete, wie sich neben der zweiten Glocke ein Hammer hob.

„Bumm!", dröhnte es, so mächtig, dass der Junge vor Schrecken in die Knie sank.

„Es hat bloß die Viertelstunde geschlagen; das ist ihre Stimme, die Stimme der Zeit", sprach der Heilige und musste über den Schrecken des kleinen Gottfried lächeln. „Aber wir müssen jetzt weitergehen. Kannst du klettern?"

Der Junge nickte.

„Es geht hoch hinauf, von einer Leiter zur anderen bis zu dem Turmkopf; komm nur mit, es soll dir nichts geschehen. Ihr könnt warten, bis wir zurückkehren!" Das letzte sagte er zu den Mäusen, an die Gottfried gar nicht mehr gedacht hatte; die hatten sich unter den Kleidern des Heiligen Nepomuk versteckt, und als er aufstand, kamen sie zum Vorschein.

Es war ein gefährlicher Aufstieg; die erste Leiter stand noch auf dem Glockenboden, aber die anderen bloß auf den Balken, und sie schwankten ziemlich stark. Auf der zweiten Leiter hielt der Heilige inne, denn es schwirrten und schwebten schwarzbraune Dinger um ihn herum; das waren Fledermäuse.

„Nun, ihr braunrötlichen Schlecker", sagte der Heilige, „der Winter kommt bald, die große Fastenzeit; vergesst heuer nicht so oft, dass ihr euch alsdann ruhig an den Beinen aufhängen und kasteien sollt. Ich will nicht hoffen, dass ihr wieder bei jedem bisschen warmer Luft ausfliegt und heimlich den Leib mit Fleisch anfüllt."

„Gewiss nicht, heiliger Herr", sprach eine dicke Fledermaus und setzte sich ohne weiteres Gottfried auf den Kopf, dass der schauderte. „Du kannst sicherlich glauben, dass wir das nur tun, wenn Gefahr des Hungertodes vorhanden ist; die da oben, die Eulen, würden es sonst schwerlich ungestraft lassen."

„Schon gut", antwortete der Heilige Nepomuk; „habt ihr etwas zu klagen? Wo nicht, so hebt euch von dannen."

„Nein", sagte die dicke Fledermaus und flog auf. Die ganze Schar schwirrte noch ein paarmal um den Heiligen herum, der mittlerweile weiterstieg, und dann verschwanden sie in der Finsternis.

Ganz weit oben, im Gebälk der Helmspitze, saßen in zwei Ecken zwei Turmeulen. Sie sahen beide sehr ehrwürdig und dick aus. „Guten Abend, ihr Herren", sprach der Heilige zu denen, und sie erwiderten: „Guten Abend, heiliger Herr", und verneigten sich gravitätisch.

„Wie steht es?", fuhr der Heilige Nepomuk fort, „habt ihr noch nicht entdeckt, wo die vielen Tauben hinkommen, die ich immer vermissen muss, wenn ich mir den Schlag ansehe? Es ist höchste Zeit, dass dem ein Ende gemacht werde."

„Ja", antwortete eine der Eulen, „wir wissen jetzt, dass sie sich haben verführen lassen, einen anderen Schlag aufzusuchen. Der Dorfschulze hat seinem Sohn einen neuen, prächtigen Taubenschlag bauen lassen und fremde, seltene Tauben von ausnehmender Schönheit hineingesetzt; alles lockt dort: die fremden Tauben, die den unsrigen gefallen, der Knabe, der ihnen das beste Futter streut, dazu die neue hübsche Wohnung. Zwar lassen wir nicht ab mit Zureden und Drohen, aber das Herz einer Taube ist schwach; auch wissen sie, dass wir sie nur im Dunkeln bestrafen können, und der Knabe ist vorsichtig genug, abends seinen Taubenschlag fest zu schließen."

„Aha", dachte der kleine Gottfried, „das ist Schulzens Friedrich, der alle Tauben im Dorf zu sich lockt; ich werde es ihm einmal sagen, dass der Heilige böse auf ihn ist."

„Ihr seid zu nachlässig und zu sicher gewesen", schalt der Heilige Nepomuk, „jetzt habt ihr das Unglück. Faule Bäuche seid ihr, und man vertraut euch so viel an. Die Sperlinge werden auch immer frecher und schreien draußen in meinen Mauern, dass ich es den ganzen Tag hören muss. Wenn ihr umsonst in meinem Haus leben wollt, sollt ihr euch wenigstens meiner Sachen annehmen!" Damit drehte er sich herum und begann wieder die Leiter abwärts zu steigen. Die Eulen knackten verdrießlich, und der Wetterhahn knarrte und kreischte, und der Wind wehte heftiger in den Turm herauf, als ob draußen Sturm wäre. Als sie wieder auf dem Glockenboden standen, fuhr es wirklich sturmesstark zu den Schalllöchern herein, und es wollte Gottfried scheinen, als ob sogar die Glocken schon hin und her schwankten.

Der Junge hatte ordentlich Furcht vor seinem Führer bekommen, weil der nun auch die Eulen so heftig angefahren hatte; aber als er einen verstohlenen Blick in dessen Gesicht war, schien er doch mehr betrübt als zornig zu sein. „Kommt, ihr Armenhäusler", rief er zu den Mäusen hin, die ihn alle sechs erwartungsvoll betrachteten. Er schloss bloß durch einen Fingertupf den großen Kirchenboden auf, und alle traten hinein. Und da gab es Tauben! An den Seiten entlang saß Nest an Nest; an den Dachsparren waren Bretter angenagelt, und sie waren wieder ganz voller Nester. Taubenköpfe mit neugierigen, blinzelnden Augen zogen sich aus den Flügeln und stießen gurrende Töne aus: in ein paar Augenblicken war alles wach, flog dem Heiligen vor die Füße und ruckte und duckte sich, dass man sich ein lustigeres Gewimmel gar nicht denken konnte.

„Guten Abend, meine lieben Kinder", sagte der Heilige Nepomuk. „Ich bringe euch ein paar arme Kirchenmäuse, denen ihr etwas Futter abgeben sollt, wenn die Kröpfchen recht voll sind. Ich höre, dass sich manche von euch haben verführen lassen, einen anderen Schlag aufzusuchen. Es wird ihnen zu ihrem Verderben gereichen, das sage ich euch, um euch zu warnen; denn die Schulzenfrau isst gern gebratene Tauben, aber ihre eigenen kostbaren Tiere wird sie nicht schlachten, die müssen vielmehr euch arme Feldflüchter hinüberlocken, und die der Verlockung folgen, müssen es mit dem Leben büßen.“ Nach diesen Worten griff er in die Tasche und brachte das Buch heraus, das er sonst immer in der Hand hielt, wenn er in der Kirche stand; und als von einem Druck der Deckel aufsprang, sah der kleine Gottfried, dass es gar kein Buch war, denn jener schüttete einen Wurf nach dem anderen heraus: Weizen, Erbsen, Wicken. Es war, als ob das Kästchen gar nicht leer würde. Endlich klappte er es zu und steckte es wieder ein, winkte mit der Hand über die Tauben und verließ den Boden, und der Junge mit ihm.

„Schlechte Zeiten“, sagte der Heilige Nepomuk für sich und schüttelte den Kopf, „schlechte Zeiten. Die Neugier verführt alles! Eigentlich bist du auch so ein neugieriger Bursche, mein Sohn!“, wandte er sich plötzlich zu Gottfried herum, dass er zusammenfuhr. „Du könntest ruhig zu Hause im weichen Bett schlafen statt hier in nachtschlafender Stunde im Turm herumzuklettern, dass dein Vater und deine Mutter sich zu Tode ängstigen ...“

Ein mächtiger Windstoß sauste über die beiden, dass Gottfried die Augen schließen musste. Es war ihm gewesen, als ob die Kerze in der Hand des Heiligen Nepomuk erloschen wäre; und als er die Augen wieder öffnete, war es richtig stockfinster um ihn und der Heilige verschwunden.

„Wo er nur so schnell hingekommen ist?“, dachte der Junge. „Aber ich hab’s nun doch noch bekommen wegen meiner

Neugier; und ich bin doch bloß gegangen, weil ich dachte, die Glocken riefen mich!"

Es wurde ihm unheimlich auf dem finsteren Glockenboden; er tappte nach der Bank hin; unter die wollte er sich legen und einschlafen. Zum Liegen kam er auch wirklich, aber zum Einschlafen nicht. Er dachte an Vater und Mutter, die sich ängstigen würden. Der Sturm heulte durch die Balken, dass es allenthalben knackte, immer wilder kreischte der Wetterhahn und übertönte fast das mächtige Ticktack der Turmuhr. Aber das Summen in den Glocken war deutlich hörbar, und der kleine Gottfried dachte an die Worte des Heiligen von dem Sausen der Zeit und von dem wunderbaren, unsichtbaren Strom, der durch alles rauscht. „Gewiss rauscht er durch mich durch!", sprach er bei sich. „Manchmal, wenn ich still auf dem einen Ohr liege, höre ich solche ein Summen und Brausen darin; das wird gewiss der Strom sein!

„Piep!", machte es im Schallloch und es kam etwas hereingeschwirrt und setzte sich über ihm auf die Bank. „Gott sei Dank, hier sind wir", sagte es. „Keinen Hund jagt man bei dem Wetter vor die Tür, aber uns jagt er doch zum Tempel hinaus."

„Du bist schuld daran", piepte eine andere Stimme, „du bist so vorlaut. Warum hast du während der Messe vor allen Leuten geschrien: er wäre gar kein Heiliger, es hätte gar niemals ein Heiliger Nepomuk in Prag gelebt, und also hätte auch keiner die Brücke hinabgeworfen werden können. Du konntest dir denken, dass er sich das nicht gefallen lassen würde."

„Und wahr ist es doch", sagte die andere Stimme wieder.

„Du brauchtest es aber nicht gerade auszuschreien, wo er dabei war. Wir hatten eine so hübsche bequeme Wohnung!"

„Ei was, wir finden auch eine andere. Es ist ein Glück, dass wir heil und gesund hier hereingekommen sind; diese Nacht droht uns hier keine Gefahr, und morgen am Tag suchen wir wegen einer Unterkunft. Aber ich fliege tiefer hinunter in den Turm; es ist kalt hier." Damit schwirrte er weiter.

„Das waren die Sperlinge aus der Kirche", dachte Gottfried. „Es sind recht dumme Sperlinge; was sie da vom Heiligen sagen ist ganz dumm. Wie könnte er denn in der Kirche stehen, und als Heiliger dazu, wenn er gar nicht gelebt hätte? Und er hat ja doch mit mir gesprochen!"

„Bumm!", machte die mittlere Glocke, aber gar nicht laut, und nach einiger Zeit wieder und immer wieder, und auch lauter. Die kleine Glocke fing auch an, und endlich sogar die große. Von dem Hammer konnte das nicht herrühren. Gottfried wurde ganz munter und öffnete die Augen; da sah er, wie sich alle drei Glocken im Dunkel auf und nieder schwangen. Der Sturm war es, der sie läutete, derselbe Sturm, der um die Mauern heulte und den Turmhelm schüttelte, dass er schwankte und in allen Fugen ächzte und krachte. Wie schauerlich das verwirrte Läuten sich anhörte! Wenn der Mund der großen Glocke sich zur Bank hin kehrte, war es dem Jungen, als ob die Zunge darin immer länger und länger sich nach ihm ausstreckte. Was sollte er tun? Gern wäre er hervorgekrochen und die Treppe hinunter gelaufen, den Sperlingen nach: aber die Zunge, die Zunge! Sie reichte dann vielleicht gerade bis zu ihm.

Sein Entsetzen wuchs. „Heiliger Nepomuk, hilf mir!", schrie er, „sie will mir etwas tun!" Und plötzlich hörte er Schritte die Treppe heraufpoltern.

Aber es war nicht der Heilige Nepomuk, der kam, sondern Bauern mit Laternen, und darunter sein Vater. „Seht ihr's dass es der Junge war, der geläutet hat?", rief der Schulze und zog ihn unter der Bank hervor.

„Ach nein", stammelte Gottfried, „es ist der Wind; ich habe mich bloß nicht hinuntergetraut, als mich der Heilige Nepomuk hier oben allein gelassen hat."

„Wirklich, der Wind!", sagte der Schulze kopfschüttelnd und sah den schwingenden Glocken zu. „Jetzt komm und erzähle, Junge, was du hier oben zu tun gehabt hast."

Der Minimus

Der Minimus war ein putziges Kerlchen, das der kleinen Margarete gehörte; ein winziges Teufelchen aus Glas, mit Hörnern und einem Stummelschwänzchen. Am ganzen Leib war er schwarz wie Pech nur die Augen waren korallenrot mit einem schwarzen Tupf darauf.

Er tanzte für sein Leben gern, aber auf eine ganz besondere Art. Seine Wohnung war eine sehr weithalsige Flasche voll Wasser, über deren Hals man ein Stück Schweinsblase gebunden hatte. In der Flasche saß er immer dicht oben bei dem Stück Schweinsblase und passte auf, ob niemand käme, der ihn tanzen sehen wollte, und sobald jemand kam und auf die Blase drückte, fuhr er von oben durch das Wasser bis auf den untersten Grund. Man brauchte bloß oft hintereinander zu drücken, dann gab es einen richtigen Tanz, und das war eben die Art, welche der Minimus liebte.

Die kleine Margarete besaß ihn noch nicht lange. Er hatte früher einem Mann gehört, der damit auf den Jahrmärkten herumgezogen war und den Leuten weisgemacht hatte, der Minimus prophezeie ihm alles, was er wissen wolle. Wer nun gern prophezeit haben wollte, der bezahlte dem Mann etwas, und dafür log ihm der vor, was ihm eben einfiel. Auf dem letzten Jahrmarkt hatte ihn Margarete gesehen mit seinem Minimus, und ihr Vater hatte diesen dem Mann abkaufen müssen, weil er ihr besser gefiel als alles, was sonst auf dem Markt war.

Zuerst hatte der Minimus immer in der Wohnstube gestanden. Aber die kleine Margarete besaß eine eigene Stube, in der sie arbeitete, spielte und schlief; und jetzt durfte sie die Flasche mit dem Teufelchen in ihre eigene Stube mitnehmen und zu ihren anderen Spielsachen stellen. Ihre Puppen hatten bis jetzt noch gar nichts von dem neuen Spielzeug gewusst; bloß hatten sie sich verwundert, dass Margarete gar nicht mehr so oft zu ihnen kam und gar nicht mehr so zärtlich mit ihnen war wie früher, und sie waren etwas beleidigt darüber.

Mit einem mal kam sie und setzte den Minimus auf den Puppentisch, und damit er Platz hätte mit seiner Flasche, warf sie ohne Umstände Fräulein Elise, die große blonde Lockenpuppe mit dem rotsamtenen Schleppkleid, in die eine, und den dicken Kürassier, ihren Bräutigam, in die andere Ecke der Puppenstube. Man kann sich denken, in welche Aufregung diese beiden über eine solche Behandlung gerieten und was für liebevolle Gesinnungen sie für den Ankömmling hegten, wegen dessen so wegwerfend mit ihnen verfahren wurde!

Margaretchen war kaum hinaus aus der Stube, da fing auch schon das Gerede an.

„Ich hätte sie doch für zartfühlender gehalten", sagte Fräulein Elise. „Man ist doch schon eine erwachsene Person und von gutem Herkommen, wie jeder an meinem Anzug sehen kann; und man ist nicht gewohnt, in die erste beste Ecke geworfen zu werden. Es wird immer besser. Was sagen Sie dazu, Herr Friedrich?" So hieß nämlich der Kürassier.

„Geworfen kann man eigentlich nicht sagen", versetzte der, obschon ihn alle Glieder schmerzten, „höchstens etwas unsanft gelegt; geworfen, das wäre eine Beleidigung für uns, so etwas kann uns gar nicht passieren, dazu sind wir zu stolz."

„Sie haben recht", erwiderte das Fräulein Elise. „Sie denken immer nobel und das freut mich an Ihnen. Aber ich kann nicht leugnen, dass ich sehr unsanft behandelt worden bin; wenn ich nicht so gute Nerven hätte, wäre ich gewiss ohnmächtig geworden. Und das in einer solchen verächtlichen kleinen Missgeburt willen die so schwarz wie ein Rauchfangleerer aussieht!" Damit warf sie einen zornigen Blick auf den Minimus, der sich um gar nichts kümmerte, sondern oben in seinem Flaschenhals stak und ein wenig mit den Beinchen strampelte, weil das Wasser noch unruhig war.

„Ich bin wütend auf ihn", sagte heimlich der Kürassier; „aber man muss etwas vorsichtig sein. Wenn ich nicht irre, so ist er ein kleiner Teufel. Es sieht freilich aus, als ob er in die Flasche gebannt wäre, aber es wäre doch möglich, dass er heraus könnte, und wenn er sich dann rächen wollte, so dürfte es uns schlecht ergehen."

„Sie sind auch gar zu vorsichtig", sprach Fräulein Elise empfindlich; „Sie verlangen, dass man sich alles gefallen lassen soll. Wozu hat man denn einen Bräutigam, und noch dazu einen, der ein Kürassier ist! Es scheint mir beinahe, als ob Sie ein wenig feige wären; wenn ich das merke, das sage ich Ihnen, dann ist es mit unserer Verlobung aus."

„Ha!", rief der dicke Kürassier, „ich schlage ihn mit samt seiner Flasche in Stücke, wenn Sie das verlangen, angebetetes Fräulein Elise; aber natürlich erst in der Nacht, wenn ich den Gebrauch meiner Gliedmaßen habe."

Drei andere Puppen Gretchens hießen Fräulein Bertha, Fräulein Amalia und Fräulein Ludmilla. Es waren gewöhnliche Puppen mit Porzellanköpfen. Sie lagen alle drei hinter der Puppenstube auf dem Rücken und ärgerten sich, dass sie die Unterhaltung der beiden mit anhören mussten und von der Neuigkeit nichts sehen konnten, denn sie waren alle drei außerordentlich neugierig.

„Man ist freilich daran gewöhnt, zurückgesetzt zu werden", sagte eine. „Den beiden da vorn ist er doch wenigstens vorgestellt worden; um uns hier kümmert man sich nicht."

„Du hörst ja, es ist nichts Besonderes an ihm", sprach die zweite, „ein kleiner missgeborener Teufel, der in eine Flasche gebannt ist und ganz schwarz aussieht. Ich kann ihn mir denken, als ob ich ihn vor mir hätte; ich trage gar kein Verlangen, ihn kennen zu lernen." Aber sie stellte sich nur so; sie starb fast vor Neugierde.

„Mich freut nur, dass die da drüben einen tüchtigen Ärger haben", sagte die dritte. „Solchen hochmütigen Personen kann man es gönnen. Und in der Nacht werden wir ihn doch sehen."

Es war noch ein großes Wickelkind aus Wachs da, das sagte gar nichts, denn es schlief immer, außer wenn die kleine Margarete es aufnahm, dann wurde es munter und machte die Augen auf. Ein recht gutartiges Kind war es.

Die einzige Person, die den Minimus noch zu Gesicht bekam, war die Köchin mit der weißen Latzschürze, die in der Küche neben der Puppenstube saß. Sie entsetzte sich vor seinem Anblick, weil sie schreckhafter Natur war, und nahm sich vor, in der Nacht gleich hinter die Puppenstube zu kriechen, sobald sie würde gehen können.

Der Tag verging, und die kleine Margarete kam in ihre Stube, wo ein Nachtlichtchen brannte, um sich schlafen zu legen. Zuvor drückte sie noch einige Mal zärtlich auf die Schweinsblase und lachte ganz glücklich, wie der Minimus vergnügt hinunter und wieder herauf fuhr. Zuletzt kam er so weit auf die Seite, dass er an das Glas aufschlug, als er nach oben kam. Das gab einen feinen Ton.

„Er macht auch Musik", sagte Margarete. „Das ist wieder etwas Neues. Wenn ich nur mehr Zeit hätte, mit ihm zu spielen! Aber seit ich in die Schule gehe, muss ich immer lernen und schreiben; und ich lerne gar nicht gern, weil alles sehr schwer ist."

Damit stieg sie in das Bett. Nicht einmal einen Blick bekamen die Puppen von ihr.

Als die Visperstunde da war, in der die Puppen sich bewegen können, sprang zuerst die Köchin auf und rannte um die Ecke der Küche; sie sah bloß noch die letzten Kleiderfalten von Bertha, Amalia und Ludmilla hinter der Puppenstube, denn die befanden sich schon auf dem Weg nach vorn, wo der Kürassier eben dem Fräulein Elise die Hand gereicht hatte, um ihr aufzuhelfen. Nur der Minimus war still und rührte sich nicht; er drehte ihnen sogar den Rücken zu, weil er zu Margaretes Bett hinübersah.

„Schön guten Abend", sagte Fräulein Ludmilla, „wir haben ja angenehme Gesellschaft bekommen!", und hinterher lachte sie spöttisch zu dem Minimus hinüber.

„Eine schöne Gesellschaft, jawohl", versetzte Fräulein Elise, „ich hätte es nie geglaubt, dass man uns wegen eines solchen abscheulichen Geschöpfes vernachlässigen könnte. Ich denke doch, dass wir einige Ansprüche an die Achtung haben. Aber selbst das kleine Ungeheuer hat schon gemerkt, dass wir nichts mehr gelten, und hält es nicht einmal für nötig, uns das Gesicht zuzukehren. Nun, man hat zum Glück einen Bräutigam, der Soldat ist; er wird dafür sorgen, dass dieser kleine Schornsteinfeger da uns einige Achtung bezeigt."

„Ich werde gleich mit ihm reden", sagte der dicke Kürassier und strich seinen Schnauzbart. „Er soll mich schon kennenlernen. Die Hauptsache aber ist, dass wir erfahren, ob er aus der Flasche fahren kann oder nicht."

„Nun, so gehen Sie doch und untersuchen Sie das, Herr Friedrich", sprach das Fräulein Elise ungeduldig.

„Jetzt gehe ich", versetzte der Kürassier. Und er ging mit gewaltigen Schritten bis an die Flasche.

„He, Sie da drinnen, Sie können wohl nicht aus Ihrem Gefängnis heraus? Wenn das so ist, werde ich den Bindfaden um die Blase zerschneiden.“

„Meinetwegen“, antwortete der Minimus, ohne sich umzudrehen. „Aber nachher müssen Sie mich wieder einbinden.“

„Haha!“, lachte der dicke Kürassier. „Er kann nicht heraus, nun wissen wir es ja. Bloß durch meine Schlauheit habe ich das herausbekommen. Sie können sich ganz ruhig hinstellen, meine Damen, und ihn besehen.“

„Wirklich, das haben Sie sehr fein eingefädelt“, sagte Fräulein Elise zärtlich. „Sie sind so schlau, dass wir Sie nur bewundern können.“ Und nun rauschte sie mit dem rotsamtenen Schleppkleid herzu und die drei anderen Fräulein auch.

„He“, schrie nun der Kürassier, indem er mit dem Fuß an die Flasche stieß, „wollen Sie sich da drinnen nicht einmal umdrehen, wenn hier vier schöne Damen kommen, die Sie sehen möchten?“

Der Minimus war voller Zorn, denn er merkte, dass man ihn bloß gefoppt hatte und sich über ihn lustig machen wollte. Wie der Blitz so schnell fuhr er herum und steckte seine Zunge heraus so lang er konnte, und dazu glühten seine kleinen roten Augen ordentlich.

„Pfui, wie grässlich!“, hauchte Fräulein Ludmilla und schloss die Augen. „Halten Sie mich, Herr Friedrich, mir wird ganz übel!“ Aber Herr Friedrich hielt sie nicht, denn er merkte, dass sie auch ohne ihn stehen konnte.

„Sie besitzen viel Lebensart, Sie kleiner Tintenengel da drinnen“, sage höhnisch Fräulein Elise; „Sie scheinen sich immer in der feinsten Gesellschaft bewegt zu haben. Wahrscheinlich waren Sie einmal ein Straßenjunge.“

„Oder ein Schornsteinfeger“, sprach Fräulein Bertha.

„Nein, ein Kohlentreter“, meinte Fräulein Amalia.

„Sie haben wohl einmal zu tief in die Flasche geguckt, so
dass Sie hineingefallen sind?", fragte der Kürassier, und die vier
Fräulein fanden den Witz wundervoll. „Was machen Sie denn
da oben?", fuhr Herr Friedrich fort. „Sie sind wohl wasser-
scheu? Wollen Sie nicht einmal ein bisschen untertauchen?"
Und klatsch! Schlug er auf die Schweinsblase, dass der Minimus auf den untersten Grund fuhr.

„Nein, wie possierlich!", lachte Fräulein Ludmilla; „das
müssen Sie gleich wiederholen, Herr Friedrich!"

Klatsch! Ging es wieder, und der arme Minimus, der gewiss
vor Ärger schwarz geworden wäre, wenn er nicht schon schwarz
gewesen wäre, musste tanzen, er mochte wollen oder nicht.

„Wie entzückend Sie tanzen", spottete Fräulein Elise, „auf
dem nächsten Puppenball tue ich es nicht anders: Sie müssen
einen Galopp mit mir tanzen!"

„Ha", rief der Kürassier, „Sie bringen mich auf einen Gedanken, teuerstes Fräulein Elise. Ist es Ihnen vielleicht gefällig,
dort oben auf der Schweinsblase einen Solo zu tanzen? Ich
werde Ihnen hinaufhelfen. Er tanzt unten, Sie tanzen oben,
und ich werde mit meinem Säbel an die Flasche schlagen, dass
wir Musik haben. Was sagen Sie zu diesem Einfall?"

„Es ist der beste, den Sie seit langem gehabt haben", sagte
Fräulein Elise strahlend. „Ich werde diesem kleinen Ungeheuer
auf dem Kopf herumtanzen, welches uns so verächtlich behandelt hat und schuld daran ist, dass man uns heute in die Ecke
geworfen hat."

Die Wasserflasche des Minimus besaß einen so weiten Hals,
dass Fräulein Elise recht gut oben tanzen konnte, wenigstens
auf eine gewisse Art, die man eher Springen hätte nennen können. Und als der Kürassier ihr hinauf geholfen hatte, tat sie das
auch sehr zierlich, indem sie ihre Schleppe mit der Hand auf-

nahm. Der Minimus fuhr voll Grimm auf und nieder, und der Kürassier klapperte mit dem Säbel an der Flasche.

Die drei anderen Fräulein klatschten vor Vergnügen in die Hände, und selbst die dicke Köchin wagte sich bis an die Ecke und schielte auf die Flasche hinüber.

„Ich werde schon steif!", rief plötzlich Fräulein Elise, „wir müssen aufhören. Rasch, fangen Sie mich auf, Herr Friedrich!" Sie glitt hinunter, und Herr Friedrich fing sie wirklich. Alles eilte an seinen Platz, und da lagen sie wieder und konnten sich nicht rühren.

Bloß der Minimus bewegte sich noch. Das Wasser zitterte, und er zitterte auch, nämlich vor Wut; und während um ihn der Wiederschein des Nachtlichts im Wasser glühte, konnte man sehen, wie seine roten Äuglein noch heller glühten. Er sah wie ein rechtes Teufelchen aus.

„Wartet nur", sprach er bei sich, „das zahle ich euch heim, so wahr ich Minimus heiße. Ich werde schon sehen, wie ich das mache. Zuerst bekommt's der dicke Flegel mit dem Säbel und dem großen Schnauzbart, und dann kommt der hochmütige Fratz in dem Schleppkleid daran." Und nun saß er und brütete über der Rache, die er ausüben wollte.

Den ganzen nächsten Tag dachten die Puppen an nichts weiter als an den Spaß, den sie gehabt hatten, und wie sie den armen kleinen Minimus die folgende Nacht ärgern wollten. Aber es kam anders, als sie dachten.

Abends saß die kleine Margarete an ihrem Arbeitstischchen. Sie hatte noch zwölf Exempel zu rechnen, und das musste sie bei dem winzigen Nachtlicht tun, denn die Eltern durften es ja nicht wissen, ja nicht! Wenn sie gewusst hätten, dass sie noch zwölf Exempel zu rechnen hatte, so würden sie ihr heute nicht erlaubt haben, zu der Kaffeevisite zu gehen; deshalb hatte es ihnen die kleine faule Margarete verschwiegen und musste nun geschwind noch rechnen, ehe sie in ihr Bettchen steigen konnte.

Aber es waren zwölf schwere Exempel! Und Margarete fing ganz leise an zu weinen.

„Es geht nicht, und es geht nicht!", sagte sie. „Und ich habe niemanden hier, der es mir zeigte! Wenn ich nur nicht so müde wäre!"

Sie stand auf und ging durch die Stube; da sah sie die Flasche mit der Schweinsblase, und sie konnte nicht anders, als ein paarmal darauf zu drücken. Der Minimus tanzte und nun musste sie wieder dazwischen lachen.

„Ach, mein guter Minimus", sprach sie, „du brauchst kein Exempel zu rechnen und kommst niemals auf die faule Bank; aber ich komme morgen gewiss darauf."

Und sie setzte sich wieder an ihre Aufgabe und zerbrach sich den Kopf darüber.

Da hörte sie hinter sich ein feines Klingeln, wie wenn etwas immerfort leise an Glas pochte. Schnell dreht sie sich um, und was sah sie? Die Flasche, in welcher der Minimus saß, leuchtete wie eine Laterne, und in dem Glanz erblickte sie den Minimus, wie er ihr zunickte und immer an das Glas klopfte.

„Ei, das ist hübsch", sagte sie, „er ist lebendig geworden."

„Kleine Margarete!", rief der Minimus.

„Was willst du denn?", antwortete sie und ging ein bisschen zaghaft zu ihm hin.

„Wenn du mich heraus lässt, so will ich deine Exempel rechnen. Aber gib mir etwas dafür."

„Was denn?"

„Die dicke Kürassierpuppe dort."

„Ja, die sollst du haben. Aber fliegst du auch nicht fort, wenn ich dich heraus lasse?"

„Ach nein; solang ich ein Haus habe, muss ich darin wohnen. Erst wenn die Flasche einmal zerschlagen sein wird, dann muss ich weiterziehen - wenn ich nämlich nicht mit zerschlagen werde."

Wer war froher als Margarete! „Ich brauche nun niemals mehr Schularbeiten zu machen", dachte sie. „Alle macht sie jetzt der Minimus. Die Flasche soll gewiss nicht zerschlagen werden." Und indem band sie den Bindfaden von der Schweinsblase, und der Minimus kletterte heraus und sprang der kleinen Margarete auf die Schulter.

Sie trug ihn zum Schreibtisch, und da sah sie, wie stark er war. Er nahm den Schieferstift, als ob ein Mensch einen Balken nähme und in den Sand schriebe, so groß war der Stift für ihn, und doch malte er die Ziffern ganz schön und genau als ob Margarete sie geschrieben hätte. Er brauchte sich gar nicht einmal zu besinnen, so gut konnte er rechnen!

„Zwei von zwei geht auf", sagte der Minimus, „und jetzt kann ich mit ihm machen, was ich will." Damit meinte er den Kürassier. Er sah sich gar nicht mehr nach Margareten um, sondern war mit einem Sprung auf dem Puppentisch und hatte den Kürassier beim Schopf.

„Sie sind ein Feigling", sagte der Kürassier, „Sie wissen recht gut, dass ich mich nicht wehren kann."

„So?", antwortete der Minimus. „Habe ich mich etwa vergangene Nacht wehren können? Vorwärts, jetzt kommt die Strafe!" Damit schleppte er den dicken Friedrich zu seiner Wasserflasche.

„Um Himmels willen, Sie wollen mich doch nicht etwa mit in das Wasser da nehmen? Mein bester Herr Minimax oder wie Sie heißen, das kann ich nicht vertragen, denn ich bin von Papiermasché. Ich will Ihnen gern feierlich Abbitte leisten ..."

Aber der Minimus hörte nicht auf diese Worte des Kürassiers; er zog ihn zur Flasche hinauf und stopfte ihn durch den Flaschenhals hinein. „So, kleine Margarete", sagte er, als er selber wieder in der Flasche stak, „nun kannst du wieder zubinden."

„Es ist schade", dachte die kleine Margarete, die kopfschüttelnd zugesehen hatte. „Er war einmal eine schöne Puppe; er wird gut aussehen, wenn er lange da drin gewesen ist! Aber der Papa kauft mir einen neuen Soldaten, und ich habe doch meine Exempel, und sie werden gewiss richtig sein, denn sie gehen alle auf." Sie band die Blase über die Flasche und ging zu Bett.

„Ich will dir nichts weiter tun", sprach der Minimus zu dem Kürassier, „ich will mich bloß ein bisschen setzen." Und er setzte sich rittlings auf dessen Schultern, schlang die Beine um seinen Hals und strampelte vergnügt.

Fräulein Elise war ohnmächtig und wachte erst wieder auf, als sie sich bewegen konnte. Die drei anderen Fräulein halfen ihr auf, und alle vier gingen zur Flasche.

„Wie ist Ihnen zu Mute, Herr Friedrich?", fragte das Fräulein Elise zitternd.

„Etwas weichlich", antwortete der Minimus statt seiner, „und morgen kommen Sie auch daran; ich rupfe Ihnen erst alle Haare vom Kopf und dann können Sie selber probieren, wie es sich hier drin sitzt. Heute können Sie mir noch einmal auf dem Kopf herumtanzen, wenn es Ihnen Vergnügen macht."

Fräulein Elise bekam einen solchen Schrecken, dass sie sich auf Fräulein Ludmilla stützen musste. „Ach das Ungeheuer!", jammerte sie. „Mein schönes blondes Haar! Wie werde ich nachher aussehen! Lieber fliehe ich; ich werde den Schornstein hinaufkriechen ..."

„Hilfe!", rief der Kürassier und hatte glücklich den Mund über Wasser gebracht. „Angebetetes Fräulein Elise ..."

Aber der Minimus drückte ihn schon wieder hinunter. „He“, sagte er, „in meinem Haus wird kein solcher Lärm gemacht. Und helfen kann dir doch keiner.“

Plötzlich hörten die vier Fräulein Schritte neben sich, und als sie sich umdrehten, stand die dicke Köchin neben ihnen.

„Was wollen Sie?“, sprach Fräulein Elise. „Sie gehören nicht zu uns. Sie sind ein Aschenputtel und gehören in die Küche.“

„Ich kann das Unglück des schönen Herrn Offiziers nicht mit ansehen“, sagte die Köchin. „Ich werde ihm helfen, nämlich ich werde die Flasche da vom Tische hinunterwerfen, dann kommt er wenigstens aus dem Wasser und kann sich wehren. Wenn Sie mir beistehen, geht das ganz leicht.“

„Beileibe nicht, Sie kecke Person!“, schrie das Fräulein Elise, „wollen Sie denn, dass dieser kleine Gräuel da nachher über uns herfällt und mir die Haare ausrauft? Unterstehen Sie sich!“

„Pfui!“, rief die dicke Köchin, „Sie wären mir eine schöne Braut! Wenn Sie mir nicht beistehen wollen, so tue ich es allein.“ Und sie ging zur Flasche und stemmte sich mit aller Macht dagegen.

„Wir sind unschuldig, mein guter Herr Minimus!“, jammerte Fräulein Elise, „Sie werden uns gewiss kein Leid tun, wenn Sie frei werden!“ Und nun fasste sie die Köchin beim Rock und wollte sie zurückziehen; als die vier Fräulein aber merkten, dass die Köchin die Flasche immer näher an den Tischrand drängte, liefen sie davon und verkrochen sich hinter die Puppenstube.

„Ich bringe dich um!“, schrie der Minimus, „ich drehe dir den Hals um!“, und er schlug vor Zorn mit den Beinen gegen die Flasche und streckte die Zunge einen Zoll lang heraus.

Patsch! Da lag die Flasche unten auf den Dielen, in hundert Scherben und Splitter zerschlagen. Das war ein Knall und ein Klingeln! Die kleine Margarete fuhr hoch auf aus dem Schlaf und war ganz munter und ihr erster Gedanke war: der Minimus! Richtig: seine Flasche war vom Tisch verschwunden. Dort, wo sie gestanden hatte, lag die Köchin und hing den Kopf über den Tischrand.

„Minimus!", rief Margarete. Aber sie bekam keine Antwort. Da stand sie auf, nahm das Nachtlicht und leuchtete, und nun sah sie die Bescherung. Die Dielen schwammen, überall blitzte es von Glassplittern; dort lag der Kürassier Friedrich in sehr elendem Zustand: ein Arm und ein Bein waren von ihm abgefallen, und dazu hatte er sich im Fallen die Nase zerschlagen. Vom Minimus war nichts zu sehen.

„Ach", sagte mit weinerlicher Stimme die kleine Margarete und bückte sich suchend weit vor, weil sie sich mit ihren nackten Füßen, der Glassplitter halber, nicht näher wagte, „ah, mein guter Minimus hat gewiss fortfliegen müssen, weil sein Haus entzwei ist, und nun muss ich doch alle die Schularbeiten allein machen. Ich weiß nun aber nicht, was Schuld daran ein könnte, dass die Flasche vom Tisch gefallen ist." Aber da sah sie plötzlich ein kleines schwarzes Glasbeinchen und weiterhin noch viele schwarze Splitterchen, und nun wusste sie, was aus dem Minimus geworden war. „Er ist tot", schluchzte sie. „Morgen früh werde ich alle seine Splitterchen zusammenlesen, und dann begrabe ich ihn unten im Garten auf meinem Beet. Es ist doch zu traurig! Viel lieber wär es mir, wenn er fortgeflogen wäre."

Sie kroch wieder in die Kissen und weinte eine Weile vor sich hin, bis sie doch endlich einschlief. Der Kürassier Friedrich lag die Nacht über auf der nassen Diele in Gedanken. Zuerst dachte er, dass es gar nicht so schmerzhaft sei, Arm und Bein zu verlieren und sich die Nase zu zerschlagen, wie er geglaubt, und dass er nun Invalide sei, was bei Soldaten immer als etwas sehr Ehrenvolles gelte.

Dann ärgerte er sich über die Niederträchtigkeit des Fräulein Elise. „Ihretwegen hätte ich ganz auseinander weichen können bei dem kleinen Ekel, der nun Gott sei Dank zersprungen ist", sagte er bei sich. „Dafür ist es aber mit der Verlobung nun auch für immer aus. Ich werde statt ihrer jetzt die Köchin heiraten. Diese nette kleine Person von einer Köchin! Wer hätte geglaubt, dass sie so couragiert ist und ein so gutes Herz hat!"

Gleich am anderen Morgen, wenn er aufgehoben würde, wollte er sich mit der Köchin verloben. Sie könnte noch immer stolz darauf sein, meinte er. „Freilich bin ich nicht ganz so schön mehr wie früher, aber den einen Arm und das eine Bein kann sie sich ganz gut dazu denken; und was die Nase betrifft, so kann man sie eigentlich kaum zerschlagen nennen, höchstens kann man sagen: sie hat eine andere Fasson bekommen."

Am anderen Morgen wurde der Minimus begraben und bekam einen Stock auf das Grab gesteckt mit einem Zettel daran; auf diesen Zettel hatte die kleine Margarete geschrieben: Minimus - aber mit lateinischen Buchstaben, das war etwas Feines. Den Zettel wehte der Wind ab, und er fliegt nun irgendwo in der Welt herum. Der Kürassier Friedrich aber kam gar nicht wieder auf den Tisch, sondern das Stubenmädchen, das rein machte, warf ihn zu dem Kehricht und trug ihn in den Hof hinunter. Dort lag er trübselig in einer Ecke und niemand kümmerte sich um ihn, ausgenommen die Sperlinge, die sich über ihn lustig machten.

Und Fräulein Elise? Nun, die war jetzt ohne Bräutigam, und das war das Schlimmste, was ihr passieren konnte.

Die sieben Hulegeisterchen

Die sieben Hulegeisterchen wohnten in einem großen Schornstein. Am Tag hatten sie tüchtig zu tun; sie saßen nahe beim Feuer und bliesen mit aller Kraft hinein, dass die rote Glut hoch aufschlug aus den schwarzen Steinkohlen und Rauch und Funken an ihnen vorbei in den Schornstein flogen. Die Flammenzungen leckten manchmal voll Ärger zu den Hulegeisterchen hinauf, aber das kümmerte sie so wenig wie der Rauch und die Funken, denn anhaben konnten sie ihnen gar nichts, und sie mussten doch zuletzt die Stube wärmen, wenn es draußen fror, und der Mutter das Mittagessen und den Kaffee kochen helfen.

Wenn es Nacht war, hatte die Arbeit ein Ende und das Vergnügen fing an. Dann fuhren die Hulegeisterchen im Schornstein herauf und herunter und man konnte hören, wie sie miteinander schwatzten und lachten. Manchmal pfiffen sie auch oder brummten wie die Bären, denn sie waren ein spaßhaftes Völkchen. Mit ihrem Schornstein waren sie sehr zufrieden; wenn er auch inwendig ganz schwarz geräuchert war und der Ruß an den Wänden herunterfloss, so tat das nichts, denn sie wurden nicht schmutzig, wenn sie anstreiften.

„Karlchen, hörst du die Hulegeisterchen?", fragte der Vater, als der kleine Karl im Bett noch immer die Augen nicht zumachen, sondern etwas erzählt haben wollte. „Wenn du nicht schläfst, kommen sie aus dem Ofenloch und blasen das Nachtlicht aus, und dann ist es ganz finster in der Kammer, zum Fürchten finster. Die Mama möchte jetzt zur Ruhe kommen und ich auch."

„Kommen die Hulegeisterchen auch zur Ruhe, Papa?", frage der kleine Karl.

„Nein, Herzchen: die armen Dinger müssen immer und immer munter sein, und es ist doch so schön, wenn man schläft. Sei froh, dass du kein Hulegeisterchen bist."

„Sie dauern mich sehr", sagte der kleine Karl und dachte eine Weile nach.

Da ging es leise durch das Zimmer, das war der Sandmann. Er hatte ein Blasrohr und blies dem kleinen Karl Sand in die Augen, dass er sie nicht mehr offen halten konnte, und nun schlief er richtig ein.

„Habt ihr's gehört?", sagte eines der Hulegeisterchen im Schornstein. „Wir können keine Ruhe finden. Ich habe noch gar nicht darüber nachgedacht, was Ruhe ist, aber die Menschen sind klug, und die halten sie für etwas Herrliches. Wir sind gewiss sehr zu bedauern."

Nun wurden die sieben Hulegeisterchen traurig. Sie pfiffen nicht mehr und brummten nicht mehr. Nach einer Weile sprach ein zweites von ihnen: „Es will mir gar nicht in den Sinn, dass wir immer ohne Ruhe sein müssten. Es wird so schwer nicht sein, sie zu finden, wenn der kleine Mensch doch das kann. Morgen wollen wir aufpassen, wie es gemacht wird, und dann wird es probiert." Dem stimmten die anderen sechs bei, und sie wurden allesamt wieder guten Mutes.

Des anderen Nachts lugten sie durch das Loch in der Ofentüre und beobachteten, wie die Eltern mit dem kleinen Karl schlafen gingen. Dann fuhren sie hervor, durchsuchten das Haus, bis sie noch ein leeres Bett gefunden hatten, und schlüpften alle sieben hinein. Da lagen sie eine Zeit still, bis es einem von ihnen einfiel, in die Federdecke zu blasen, und wie da die Federn aufflogen und das Bett sich aufbauschte, fanden die sechs anderen das sei ergötzlich und bliesen auch mit. „Still", sagte endlich das eine, „es kommt etwas."

Was kam? Niemand anders als der Sandmann. Er geht herum und sieht in allen Betten zu, ob jemand darin liegt. Wie der die sieben Hulegeisterchen erblickte, funkelte er sie mit glühroten Augen an und brummte: „Was wollt ihr sieben im Bett hier?“

Da antworteten die Hulegeisterchen: „Wir hätten gern Ruhe und wissen nicht wie.“

„Ich kann euch nicht dazu verhelfen“, brummte der Sandmann wieder. „Ihr habt Geisteraugen. Es nützt nichts, wenn ich hineinblase.“

„Probieren könntest du es“, sagte das eine der Hulegeisterchen betrübt. „Wir wollen ganz stille halten.“ Und sie streckten sich nebeneinander aus und rissen die Augen so weit auf wie sie konnten. Da blies der Sandmann Körner hinein, gleich eine ganze Menge, und nach einer Weile hielt er inne und fragte: „Tut es weh?“

„Ach nein“, antwortete eines der Hulegeisterchen, „es kribbelt nicht einmal.“

„Seht ihr's denn, ihr Narren?“, murrte der Alte verdrießlich. „Schafft euch Menschenaugen an. Euresgleichen braucht keine Ruhe.“ Und er schüttelte seine Federkappe, dass die Flaumflocken herumflogen, und ging zur Tür hinaus.

„Es war nichts“, sprachen die Hulegeisterchen und sahen einander voll Traurigkeit an. „Es fehlte bloß, dass wir Menschenaugen hätten, dann wäre es gewiss gegangen. Wir wollen nur gleich wieder in den Schornstein zurück.“

Das taten sie denn auch, aber mit der alten Lustigkeit war es aus. Sie schlichen herum und seufzten, und endlich sprach das eine: „Ich halte es nicht aus vor Sehnsucht. Ich gehe in die weite Welt und will sehen, ob ich nicht auf eine Art Ruhe finden kann. Wer mit will, der komme.“ Und damit fuhr es oben zum Schornstein hinaus und die anderen ihm nach.

Die Sterne schienen und es war alles so still draußen. Die Blumen in den Gärten waren schläfrig geschlossen, und an den Bäumen hingen die Blätter und schliefen auch. Sie flogen in den Wald, und da saßen die Vögel in die Zweige geduckt; die Köpfe hatten sie halb unter die Flügel gesteckt und die Augen geschlossen. Sie weckten eine Amsel und fragten, wie sie denn zur Ruhe gekommen sei. Sie wüsste es selber nicht, antwortete diese und schlief wieder ein. Sie schüttelten auch ein paar Blätter munter, aber von denen war gleichfalls nichts zu erfahren. Da flogen sie weiter in die Sommernacht hinein. gegen Morgen kamen sie aus dem Wald heraus und trafen eine Waschfrau, die Wäsche auf eine Leine hing. Die gähnte und sprach vor sich hin: „Wenn es doch ein bisschen Wind heute geben wollte, dass es rasch trocknete."

„Kannst du uns wohl sagen, wie wir Ruhe finden können?", fragten die Hulegeisterchen. „Wir wollen dir die ganze Wäsche dafür trocken blasen."

„Das wäre so ein Geschäft", sprach die Waschfrau, „Ihr Sausewinde. Erst blast aber, dann sage ich es euch."

Da strengten sich die Hulegeisterchen an, so sehr sie konnten, und in einer Stunde war alles trocken.

„Ich muss euch loben", sprach die Waschfrau. „Macht euch nur immer gerade aus und fragt den nächsten Menschen, dem ihr begegnet, der wird's euch sagen, was ihr wissen wollt." Damit ging sie an, ihre Wäsche zusammenzupacken und kümmerte sich nicht weiter um die armen Dinger.

„Wir wollen sehen, ob es der nächste wirklich weiß", sagten die Hulegeisterchen. „Vielleicht hat sie doch nicht gelogen."

Der nächste, auf den sie stießen, war ein Müller, der stand vor seiner Windmühle und guckte in den Himmel. „Es klappert nicht und klappert nicht und man kann nichts verdienen", sprach er voll Ärger. „Wenn mir einer Wind machen wollte, ich gäbe einen Kronentaler drum."

„Müller", sagten die Geisterchen, „wir wollen bis zum Abend blasen, aber sage uns, wie wir zur Ruhe kommen können, du weißt es."

„Natürlich weiß ich es", meinte der Müller, „nur frisch an die Arbeit, nachher soll's auch nicht fehlen."

Es war ein schöner Tag und kein Lüftchen regte sich; aber die Flügel der Mühle drehten sich lustig, und das machten bloß die Hulegeisterchen, die vor der Mühle ihm Gras saßen und bliesen. Als die Sonne untergegangen war, begehrten sie ihren Lohn.

„Ihr habt's euch sauer werden lassen", schmunzelte der Müller. „So hört denn, was ich euch sage. Seht ihr den großen weißen Flecken dort? Da ist mein Bruder, der gibt euch gern, was ihr sucht." Der weiße Flecken aber war ein Segel, das hing schlaff am Mast herunter, denn es fehlte an dem Wind, der es aufblähen und das Schiff den Fluss hinauf treiben sollte.

„Man muss Geduld haben", sagten die Hulegeisterchen untereinander, „es ist doch wenigstens eine Aussicht da." Und sie flogen zu dem Schiff hinüber.

„Guten Abend, Schiffsmann", sprachen sie dort. „Wir sind sieben Hulegeisterchen und möchten so gern zur Ruhe kommen, und du bist der Mann, der uns dazu verhelfen kann." Aber der Schiffsmann war ein Schelm wie die Waschfrau und der Müller und meinte: „Nach getaner Arbeit ist gut ruhen, das sage ich einmal zum voraus. Treibt ihr die Nacht mein Schiff, so will ich ein übriges tun. Morgen bei Sonnenaufgang besprechen wir das weitere."

Und die sieben Hulegeisterchen bliesen in das Segel, dass es sich blähte wie ein Schwan, und das stolze Schiff zog den Fluss hinauf wie im Flug und hinter ihm glitzerte eine lange Wasserfurche, so weit als man sehen konnte. Wie die Sonne hervorkam, hielten sie an. „Jetzt kommt's", sagten die Hulegeisterchen und sahen den Schiffsmann an. Aber der Schiffsmann lachte und sprach: „Macht es wie ich, wenn ihr zur Ruhe kommen wollt: legt euch auf ein Ohr und deckt euch mit den anderen zu."

Das bekam ihm jedoch schlecht, denn die Hulegeisterchen bliesen das Schiff auf eine Sandbank, dass es mitten auseinander barst und die Schiffsleute nur mit Mühe an das Ufer kamen. Dann flogen sie ins Land hinein, und die alte Traurigkeit fiel wieder über sie. Eines nur, das mutigste, verlor die Hoffnung nicht ganz. „Wer viel fragt, geht viel irr", sagte es. „Wir wollen bloß horchen, vielleicht erfahren wir doch irgendwo, wie unser Wunsch gestillt werden kann." Und nun flogen sie ein paar Tage umher, aber ihre Hoffnung wurde nirgends erfüllt.

Eines Morgens strichen sie an einem Dorfe hin, das lag an einem Berg. Oben auf dem Berg stand eine Kirche mit knarrendem Göckelhahn auf dem Turm, und um die Kirche lagen stille Gräber und Grabkreuze. Unten beim Dorf aber saß eine alte Frau am Weg und blickte unverwandt und sehnsüchtig hinauf zum Kirchhof. „Ach, lieber Gott", seufzte sie, „wenn ich doch erst dort oben wäre! Hier unten habe ich nichts als Elend und Mühsal, und dort ist die ewige Ruhe. Nur so tief hinein wie möglich, das ist das Beste."

„Hört Ihr's?", sprachen die Hulegeisterchen seelenvergnügt untereinander. „Es ist ein Glück, dass wir hierher kamen, und wir werden doch zur Ruhe kommen!"

Sie flogen hinauf, über Blumen und Kränze und durch dunkle Zypressen bis zur Kirche. „So tief hinein wie möglich, das ist das Beste", wiederholte eines der Hulegeisterchen. Sie schwirrten durch ein offenes Fenster in die Kirche, krochen in die Orgelpfeifen und immer weiter bis in den Blasebalg. „So tief hinein wie möglich; nun sind wir drin, tiefer geht es nicht."

Sie hockten sich zusammen und saßen wohl eine Stunde mäuschenstill. Da fingen über ihnen im Turm die Glocken an zu läuten, schön und feierlich, und die Menschen zogen in die Kirche, denn es war Sonntag. Zwei Jungen aber kamen an den Blasebalg und stellten sich auf das Trittbrett. „Knarz", sagte der Blasebalg, wurde mit einem mal lebendig und schob sich zusammen. „Was tut ihr in meinem Bauch?", fragte er die Hulegeisterchen. - „Wir suchen die ewige Ruhe; wenn du kannst, gib sie uns doch" - „Unsinn", knarzte der Blasebalg; „auf und zu, auf und zu - blast, sonst drück ich euch so platt wie Papier."

Nun bekamen die Hulegeisterchen Angst und bliesen, und der Kantor spielte die Orgel und die Leute unten in der Kirche sangen dazu. Ein paarmal hörte das auf, dann fing's wieder an. Endlich gingen die Leute und alles wurde still. Die sieben Hulegeisterchen aber, wie sie sich von ihrem Schrecken erholt hatten, flogen so rasch sie konnten zur Kirche hinaus und weit in den Himmel hinein.

Nach einer Weile begegneten sie einer Seele, die schwebte still durch die blaue Luft; sie war schön wie ein Engel und hatte die Hände gefaltet, und ihre Augen glänzten tief und friedlich wie ein dunkler See im Wald. „Kommt mit", sagte sie zu den Hulegeisterchen. „Ach", sprachen die, „wir sind so unglücklich. Niemand kann uns sagen, wie wir Ruhe finden. Wo willst du uns hinführen?" - „Ich war eine arme alte Frau", sagte die Seele. „Nun bin ich erlöst und gehe zur ewigen Ruhe ein. Ich will euch den Weg zeigen." Und sie schwebte langsam voraus und die Hulegeisterchen folgten ihr, aber nur in der Ferne, so viel Ehrfurcht hatten sie vor ihr. „Das wird wohl die alte Frau gewesen sein, die am Weg saß und zum Berg hinaufsah", meinte das eine von ihnen.

Es wurde Nacht und sie sahen die Sterne wie goldene Bälle durch die Luft rollen. Sie konnten endlich auch die Mauer des Himmelsgarten unterscheiden, einen dunklen Streifen; und wie die Seele vor ihnen an das Tor kam, sprang die Pforte auf und eine Flut von Licht nahm sie auf, als sie einzog. Dann gab es einen Krach und alles wurde wieder finster. „Wie einzig!", sagten die Hulegeisterchen und nickten einander zu.

Sie kamen jetzt auch an das Tor, aber es öffnete sich nicht. Sie schwirrten an der dunklen Mauer herum, und die war sehr wunderlich; nicht hart und fest, sondern wie von Luft, und doch ließ sie nichts durch und war ganz undurchsichtig. Die Hulegeisterchen flogen in die Höhe, weil sie glaubten, man müsse sie überfliegen können, aber sie wuchs und der Rand war doch über ihnen. Sie glitten endlich wieder hinab und klapperten an der Pforte. Da rief drinnen eine Stimme: „Was zappelt und rappelt vor meinem Tor?"

Sie antworteten: „Sieben Hulegeisterchen stehen davor."

Da rief es wieder: „Was führt euch zu des Himmels Tür?"

Und die Hulegeisterchen sprachen: „Wir suchen die ewige Ruhe hier."

Da tat sich die Tür ein wenig auf, und die Hulegeisterchen schlüpften hinein. „Ihr armen Schelme", sagte Sankt Peter, wie er sie erblickte, „ich will euch gerne dazu verhelfen. Kommt!" Und er führte sie ein Stück in den Himmelsgarten. Zwischen hohen, mit Blüten übersäten Bäumen lagen Beete voller Blumen: unten am Boden die kleinen, wie Stiefmütterchen, Veilchen, Gänseblümchen und Löwenzahn, Blüte an Blüte geschmiegt, eine Blumenstickerei; und zwischen ihnen ragten darüber an langen, dicken Stielen die Tulpen, die Lilien, die Kaiserkronen und tausend andere; aber immer war bei jeder nur ein Stiel und eine Blüte darauf und alle die Blumenkelche waren regungslos nach oben gerichtet. Viele waren riesengroß, wie nie eine irdische Blume gewesen ist. Von blühenden Bäumen herab rankten Winden und andere Schlingpflanzen, und sie alle saßen bis oben hinauf voller Blüten.

Die Blüten glommen in Farben, als ob sie aus Edelsteinen geschnitten wären. Ein wundersames Licht leuchtete um sie und durch sie hindurch, und ein Meer von Düften schwamm über dem Garten. Aber nichts rührte sich, alles war still, ganz still. Die Düfte wallten nicht und das Licht flimmerte nicht.

In den Blütenkelchen lagen schlummernde Geister; sie träumten nicht, sie ruhten bis zur Auferstehung. Stille Menschengesichter ragten über die Kelchränder, aber auch die Köpfe von Tieren, und sie hatten alle die Augen geschlossen. In den kleinsten Blumen ruhten die Seelchen der Fliegen, Hummeln, Bienen; die Schmetterlinge hatten die Flügel eingeschlagen, wie sie des Abends in den Wiesenblumen hängen. Kein Atem war zu hören, es war alles wie erstarrt. Es waren auch leere Kelche da, und in sieben davon betteten sich die Hulegeisterchen.

„Gute Nacht", sprach Sankt Peter und ging weg. „Gute Nacht", sagten die Hulegeisterchen untereinander, und damit schlossen sie die Augen.

Aber das dauerte nicht lange. Bald reckte sich eines empor und sah nach den anderen; dann duckte es sich wieder. Und so machten es alle. Endlich saßen alle sieben in ihren Kelchen. „Es geht nicht; ich spüre gar nicht, was Ruhe ist", wisperte das erste. „Es ist so ängstlich hier, und man hat gar nicht den Mut, sich zu rühren. Wir wollen hinaus und den Pförtner fragen, ob es keine andere Art Ruhe gibt." Und alle erhoben sich, huschten leise hinaus und kamen zu Sankt Peter.

„Wir können die Ruhe immer noch nicht finden", sprachen sie, „und wir suchen sie nun schon so lange."

„Seid ihr denn nicht gestorben? Habt ihr denn keinen Körper an euch gehabt mit Krankheit und Beschwerden? Seid ihr
nicht müde geworden vom Leben? Warum sucht ihr Ruhe?"

„Nein", sagten die Hulegeisterchen, „wir sind nicht gestorben und hatten auch keinen Körper. Aber die Menschen halten
die Ruhe für so etwas Herrliches!"

„Geht heim", sprach Sankt Peter und schloss das Tor auf;
„Ruhe ist etwas Herrliches, aber nur für den Müden."

Die sieben Hulegeisterchen huschten hinaus, und hinter
ihnen schloss sich der Himmel. „Hujoh!", schrien sie und waren wieder ganz lustig. „Es ist nichts mit der Ruhe, denn wir
sind noch gar nicht müde gewesen, wir haben keinen Körper
dazu." Damit fuhren sie durch die Luft hinab und rasteten
nicht eher, als bis sie auf die Erde kamen.

Sie haben sich wieder einen Schornstein ausgesucht zur
Wohnung - ich weiß aber nicht welchen. Wenn es Nacht ist
und das Feuer ruht, dann horch am Ofen, mein Kindchen,
vielleicht sind sie gerade zu euch gekommen.

Wenn du es wispern und brummen und pfeifen hörst, dann
weißt du's: das sind die sieben Hulegeisterchen!

Der Spuk auf der Bleichwiese

Fünf Minuten von einem kleinen Dorf entfernt stand eine
alte Weide einsam auf einer Wiese. Zu ihren Füßen floss ein
schmales Wässerchen, an dem sonst keine Bäume zu sehen
waren; nur ein paar Büsche wuchsen dort noch, die indes ganz
niedrig waren, und so konnte man die alte Weide sehr weit
sehen.

Sie war eine komische alte Person von einer Weide; sie bestand, was ihren Leib betrifft, fast nur noch aus einem dicken

Rindenmantel mit etwas wenigem Holz, das auch bereits halb verfault war, und von oben bis unten ging ein Riss, so breit, dass man in das leere Innere sich hineinstellen konnte wie in ein Schilderhaus. Oben hatte sie dafür einen mächtigen rundlichen Kopf, auf dem ein Schopf von Weidenruten wie ein Haarschopf wuchs, und in dem Kopf war eine Höhlung, eine Art von Stube, mit einem großen Guckfenster zum Dorf hin.

Da sie sehr weit sehen konnte, unterhielt sie sich ganz gut, besonders wenn die Mäher auf der Wiese Heu machten und wenn das nachher gewendet und eingefahren wurde; oder wenn die Dorfweiber in dem nahen Tümpel, dem das Wässerchen zufloss, große Wäsche wuschen, die sie dann zum Bleichen und Trocknen auf den Rasen legten. Des Abends bekam sie häufig Besuch von einer Freundin, einer großen dickköpfigen Eule, die in der Kopfstube Quartier nahm und viel zu erzählen wusste, was in der Umgegend passiert war. Zuweilen kam auch der Wind, der ein lustiger Gesellschafter war; manchmal freilich hatte er schlechte Laune, dann zankte er mit ihr und zerzauste ihr die Haare, und das war ihr immer sehr verdrießlich, denn sie hatte nicht mehr viel davon. Seit ein paar Wochen besaß sie einen Gesellschafter, nämlich einen Strick, den ein Mäher an ihr aufgehängt und vergessen hatte. Er verehrte sie sehr und nannte sie Tante, und er gefiel ihr wegen seiner großen An- hänglichkeit, obwohl er seiner ausnehmenden Magerkeit halber immer Spöttereien von ihr hören musste.

Es war an einem Spätabend, im Herbst, da waren sie alle vier bei einander. Die Eule saß in der Stube, wusste aber heute sehr wenig Neuigkeiten und war etwas schläfrig, und der Wind kümmerte sich um die Übrigen gar nicht, denn er hatte einen großen Bettlaken von der Bleiche erobert, auf den er sehr stolz war und mit dem er beständig spielte. Bald blies er ihn auf, bald rollte er ihn wie eine Wurst zusammen und manchmal drückte er ihn ganz platt auf das Gras; das fand er sehr unterhaltend.

„Ihr seid alle langweilig heute“, sagte die alte Weide knarrend; „man möchte am liebsten einschlafen. Wenn man nur nicht so alt wäre, dass einem das Einschlafen schon schwer wird!“

„Ich werde gleich etwas Lustiges sagen, Tante“, sprach der Strick und zitterte vor Eifer am ganze Leib. Aber er fand nichts, denn er hatte keinen richtigen Kopf, sondern bloß einen Knoten an dem einen Ende. Er wollte immer gern Witze machen, und es ging doch nicht.

Da kam eine Laterne durch die sternenklare Nacht gewandelt, gerade über dem Wiesenweg daher, der in der Nähe der Weide vorbeiführte. Eine alte Frau trug sie in der Hand, die im Nachbarort daheim war und spät noch nach Hause gehen wollte.

„Hört einmal zu“, rief die alte Weide; „dort kommt ein Mensch, und wir können uns einen ausgesuchten Spaß mit ihm machen. Wir wollen ein Gespenst vorstellen; aber das muss schnell gehen! Der Wind bläst mir seinen Laken an, dann macht sich der Strick um ihn herum und hält ihn fest, die Muhme Eule aber steckt ihren Kopf in das Fenster und reißt ihre Glühaugen auf. Der Wind kann nachher im Strauch da lauern, und wenn der Mensch nahe ist, so schnauft er ihn an und die Eule im Fenster muss tüchtig anfangen zu schreien; ihr sollt sehen, wie er dann Reißaus nimmt! Zum totlachen wird es.“

Alle waren gleich einverstanden, der Wind wehte den Laken an die Weide und half dem Strick, dass er richtig herum kam, doch ging es mit dem Halten erst, als die Eule das eine Ende in die Kralle nahm und festhielt. Die sah zum Fenster hinaus und riss die Augen auf so weit sie konnte, während der Wind in den

Strauch kroch und aufpasste. Ein paar Augenblicke später kam das alte Mütterchen mit der Laterne gegangen und sah gar nicht vom Weg auf; aber mit einem mal blies ihr der kalte Wind in das Gesicht, und als sie aufblickte, stand eine weiße Gestalt da mit einem ungeheuren Kopf und struppigen Haaren, die funkelte sie mit glühenden Augen an, die wie Feuerräder rollten, und schrie mit schrecklicher Stimme: „Huhu! Huhu! - Huhu! Huhu!"

Die alte Frau fiel vor Schrecken um und ließ die Laterne fallen, dass sie weithin auf die Wiese sprang. „Ach du lieber Gott", ächzte sie, „tut mir nichts, lieber Herr Teufel, denn ich bin eine arme alte Frau und bin erst am Sonntag zur Beichte gewesen!" Als sie indes merkte, dass das Gespenst sich gar nicht rührte, sondern bloß immer schrie und die Augen rollte, da bekam sie die Kraft, um aufzustehen. So schnell ihre zitternden Beine sie trugen, rannte sie schreiend, bis sie in das Dorf gelangte.

Die vier Schelme schüttelten sich vor Lachen, was sehr unrecht von ihnen war, denn die alte Frau hätte vor Schrecken den Tod haben können; an so etwas denkt freilich eine alte Weide nicht. „Wartet noch ein Weilchen", sprach die Weide endlich, „vielleicht dass noch jemand kommt." Und allen hatte der Spaß so gut gefallen, dass sie blieben.

Im Dorf erwachten die Schläfer von dem Schrei der Alten und rissen die Fenster auf um zu sehen, was für ein Unglück geschehen sei. „Kommt einmal mit", rief die alte Frau, „es ist ein Gespenst vor dem Dorf, das will mich nicht nach Hause gehen lassen."

Die ganze Dorfstraße sammelte sich voll Menschen, welche sie umringten: „Wo? Wo? Wie sah das Gespenst aus?"

„Ach", sagte die Alte, „draußen auf der Bleichwiese steht es. Ich ging mit meiner Laterne und sah es erst gar nicht; mit einem mal blies mich etwas ganz kalt an, das war ein Riese in einem langen weißen Hemd mit einem dicken Kopf und voll struppiger Haare, der glotzte mit seinen zwei Feueraugen, die wie zwei Räder rollten, und schrie dazu immer: „Huhu, Frau Schmidt, huhu, komm mit! Und als ich nicht mitgehen wollte, rannte es mich um, dass ich hinfiel, und schlug mir die Laterne aus der Hand. Ich dachte schon, es wollte mich tot machen, aber es ließ mich laufen. Ich hörte und sah nichts, so lief ich, aber ich glaube, es hat mir immer noch nachgeschrien.“

Als die Alte das zum zehnten Mal erzählt hatte, wussten es alle, und die Beherztesten liefen vor das Dorf und spähten zu der Bleichwiese hin; sie konnten aber nichts erkennen, denn dazu war es zu weit und die Nacht zu dunkel. Die anderen hielten im Dorf Rat, wie man das Gespenst verjagen könnte.

„Ich habe es“, sagte der Schulze. „Es ist allbekannt, dass die Gespenster nichts Heiliges vertragen können. Also ist meine Ansicht, dass wir zu meinem Gevatter, dem Küster, gehen, und uns das Kruzifix geben lassen, das er vor den Leichen herträgt. Wenn einer damit voranschreitet, so können wir miteinander hingehen, und wenn es wirklich ein Gespenst ist, so muss es vor uns weichen und zur Hölle fahren.“

Das waren alle zufrieden, und der Küster gab richtig das Kruzifix heraus, aber nun fand sich niemand, der es tragen wollte. Endlich bot der Schulze dem fünf Taler aus der Gemeindekasse, der es tun würde, und da trat der Nachtwächter hervor, nahm seinen Spieß in die eine, das Kruzifix in die andere Hand und sagte: „Umsonst ist der Tod, aber für fünf Taler da tue ich es.“ So machte sich denn alles was Beine hatte auf, um das Gespenst zu vertreiben; voran der Nachtwächter, dann alle Weiber und zuletzt die Männer. Sie vollführten einen großen Lärm, schalten auf das Gespenst und schworen, sie wollten ihm das Spuken schon vertreiben. Als sie aber auf das freie Feld kamen, wurden sie immer stiller und die Weiber machten sich hinter die Männer, so dass es hinter dem Nachtwächter ganz leer wurde. Da drehte er sich um und sagte, wenn ihn nicht zwei Männer an den Rockflügeln griffen, und jeden davon wieder zwei und so weiter, dass sie alle dich bei einander blieben, so würde aus dem Unternehmen nichts, denn allein wage er seinen Hals nicht daran. Sein Wille geschah denn auch.

Immer näher kamen sie der Bleichwiese, und schon gewahrten sie den weißen Laken und die Feueraugen. „Merkt ihr, wie es Respekt hat?", raunte der Nachtwächter seinen Hintermännern zu. „Keinen Mucks sagt es und rührt sich gar nicht, weil es spürt, dass es bald wird klein beigeben müssen." Die waren denn auch voller Siegeszuversicht, obwohl ihnen das Herz gewaltig schlug; aber hinten am Zug war man anderer Meinung, denn einer nach dem anderen ließ sacht seinen Vordermann los und blieb stehen oder schlich sich gar zurück.

„Passt auf", sagte die alte Weide, „sie kommen gleich heran, und ehe sie nicht auf zwanzig Schritt nahe sind, darf sich keiner mucksen." Und dann sagte sie: „Nun!" Da nahm der Wind den Nachtwächter aufs Korn und blies, dass der gar keinen Atem fand, und die Eule schrie aus vollem Hals! „Huhu, kuwit! - Huhu, kuwit!", und rollte die Augen, so grässlich sie nur vermochte.

Das gab einen Schrecken! Die ganze Armee, der Nachtwächter voran, fiel ins Gras. Schreien und Kreischen erhob sich, und endlich rappelte sich alles auf und stürzte in wilder Flucht von dannen. Der Nachtwächter ließ sein Kruzifix und seinen Spieß liegen, und nicht eher kamen sie wieder zu Atem, als bis sie zwischen den Häusern waren. Nun beschuldigte jeder den anderen, er hätte ihn umgerissen, sonst wäre er sicher weiter und dem Gespenst zu Leibe gegangen, und der Beschuldigte schob es wieder auf seinen Vordermann; so wurden sie am Ende einig, dass der Nachtwächter an allem schuld sei, und beschlossen, dass, ihm zur Strafe, die versprochenen fünf Taler in der Gemeindekasse verbleiben sollten, obwohl jener behauptete, er könne nichts dafür, denn das Gespenst habe ihn umgeblasen.

Nun war aber guter Rat teuer; vertrieben musste das Gespenst werden, denn es ging nicht an, dass man es zum Schrecken der Leute fortan sein Unwesen treiben lasse. Endlich besann sich einer, dass am Ende des Dorfes ein Mann wohnte, der in dem Ruf war, ein Zauberer zu sein; wenigstens verstand er sich darauf, die Kornmäuse zu bannen und die Schwaden zu vertreiben. Zu dem sollte geschickt werden. Der Schulze ging selber mit und half, ihn aus dem Bett zu holen.

„Was wollt ihr von mir?", fragte der ganz erschrocken, als er aufwachte und die Stube voll Menschen sah.

„Kannst du ein Gespenst vertreiben?", fragte ihn der Schulze. „Es ist eins draußen auf der Bleichwiese."

„Wenn's weiter nichts ist; alle Gespenster der Welt vertreibe ich. Ich habe einen kräftigen Spruch dagegen. Aber umsonst tue ich nichts."

„Du sollst fünf Taler haben", sprach der Schulze.

Da zog jener sich an und kam mit den Abgesandten heraus auf die Straße, und nun ging es noch einmal zur Wiese. Die anderen blieben in respektvoller Entfernung, aber der Gespensterbanner schritt dreist bis auf die Wiese vor. Dort stellte er sich hin und sprach: „Jetzt ist es aus mit dir, du Höllenspuk; höre, was ich dir sage:

    „Hokus pokus
    Tschim tscham tscharum
    Schurri murri kankurri
    tfui tfui tfui"

Er wartete ein Weilchen, aber es geschah nichts.

„Na?", rief er. „Wird's bald? Sonst komme ich näher."

Das Gespenst rührte sich nicht, bloß die Feueraugen drehten ich immer im Kreis herum und glotzten ihn an. Da wurde dem Gespensterbanner nicht wohl zumute; er machte kehrt und kam wieder zu den Übrigen. „Es ist nichts", sagte er. „Das ist eine besondere Art von Gespenst, ein hartgesottenes; da gehört ein Extraspruch dazu, den ich noch nicht gefunden habe." Damit ging er nach Hause.

„Kuwit!", schrie die Eule. „Huhu! Kuwit!" Und der Wind blies vor Vergnügen in den Laken, dass die Zipfel herumflatterten. Wie das die Bauern sahen, schrien sie: „Es kommt! Es kommt auf uns los!", und rannten wieder zum Dorf, dass einer über den anderen stolperte, und da standen sie aufs Neue und wussten sich nicht zu helfen.

Zudem kam der Flurschütz von der anderen Seite her in die Dorfgasse; er hatte sein Gewehr über der Schulter hängen und kehrte eben von einem Gang durch die Felder zurück. Den hielten sie fest und verlangten, er sollte ihnen einen Rat geben, und dabei erzählten sie ihm die Geschichte.

„Ja", sagte der, „was soll ich raten? Ich habe aber noch eine geweihte Kugel im Haus, die will ich holen und auf das Ding abschießen; wenn das nicht hilft, weiß ich auch nichts." Und er ging, um die Kugel zu holen. Als er wiederkam wollten die meisten nicht mitgehen. „Was wird's nützen?", sagten sie; „wenn's der Herrgott an der Stange nicht getan hat, wird's die geweihte Kugel auch nicht tun." So war es nur ein kleines Häuflein, das den Flurschützen begleitete, als er die Wiese betrat.

„Jetzt passt auf", sagte die Weide, „da kommt schon wieder etwas." Und die Eule wollte eben anfangen zu schreien, da drückte der Flurschütz ab, und die Kugel sauste ihr hart an den Ohren vorbei. „Oha", meinte die Eule, „da gibt's Gepfeffertes, das kann ich nicht vertragen; ich mache mich davon." Und sie huschte aus der Stube und drückte sich dicht an den Boden, als sie fortflog. Sie hatte aber auch den Strick losgelassen, der konnte jetzt den Laken nicht mehr halten, und der Laken fiel zu Boden. Da war es aus mit dem Gespenst.

„Meinen Laken!", rief der Wind und kam hinter dem Strauch hervor. „Sie werden mir meinen schönen Laken nehmen!" Und er blies hinein, dass der Laken über die Wiese hinflog.

„Hurra!", rief der Flurschütz, „da läuft es!" Und die anderen schrien mit ihm und jetzt eilte alles hinter dem Laken her. „Es hat sich klein gemacht", sagte der Flurschütz, „aber seinen Rock muss es hergeben." In der Tat, der Wind hatte sich schon müde geblasen, und als der Flurschütz einmal seine Flinte darauf warf, konnte jener den Laken nicht von der Stelle bringen und musste es mitansehen, dass sie ihn unter großem Triumphgeschrei aufhoben und forttrugen.

Im Dorf war keine geringe Freude, als man mit dem Laken anlangte. Es wurde ein großer Zug veranstaltet: zu vorderst ging der Flurschütz, der den Laken wie eine Fahne auf der Flinte trug, und der Schulze führte ihn am Arm. Alle Welt hatten Lampen und Lichter in die Fenster gestellt, dass die Straße ganz hell war. Am anderen Tag aber sollte ein wirkliches Fest folgen, die Häuser sollten bekränzt werden und ein Tanz stattfinden, und den Flurschützen wollte man in dem Gespenstertuch vor das Gemeindehaus tragen, da sollte er die fünf Taler bekommen. Das Gespenstertuch hing der Küster einstweilen in der Kirche auf.

Nur zwei Leute ärgerten sich in dieser Nacht, nämlich der Nachtwächter und der Gespenstbanner, weil sie um die fünf Taler gekommen waren.

Aber noch etwas ärgerte sich, das war der Wind, der seinen Laken verloren hatte. Er zerzauste die Weide, weil sie mit ihrer Gespenstermacherei schuld daran wäre, dann rüttelte er den Strick tüchtig durch, weil der nicht festgehalten hätte, und endlich suchte er die Eule auf. Er fand sie auf einem Baum bei der Kirche sitzen, denn sie hatte ihr Nest im Turm. Als der Wind sie zornig anfauchte, warum sie den Strick losgelassen hätte, dass man ihm sein Spielzeug hätte nehmen können, da lachte die Eule und sagte: „Ich will es dir holen."

Sie flog in ein offenes Kirchenfenster und brachte den Laken herausgeschleppt, und der Wind kugelte ihn lustig die Dorfgasse hinab ins Freie.

Anderen Tags, als das Fest beginnen sollte, war der Laken nirgends zu finden. „Ich dachte es bald; es ist Gespenstergut, das kann die Kirchenluft nicht vertragen", meinte der Küster. „Es ist in Dunst aufgegangen." Und der Flurschütz wurde ohne Tuch herumgetragen.

Die Eule aber, die aus der Luke im Kirchturm alles mit ansah, wollte sich heimlich totlachen, und am Abend, da die vier Gesellen wieder versöhnt beieinander waren, beschrieb sie das Fest. „Ja, ja, es war ein ausbündiger Spaß", sagte die Weide, „und wir werden noch manchmal darüber lachen. Man sollte nicht glauben, wie furchtsam und abergläubisch die Menschen sind!"